KB075038

고요한 읽기

고요한 읽기

이승우 산문집

문학동네

감추어진 동굴

cogito(생각하다)의 어원이 '흩어져 있는 것들을 한데 모으다'에서 유래했다는 것을 아우구스티누스 『고백록』의 어떤 페이지에서 읽었습니다. '모으다'라는 뜻의 cogo에 어떤 행동의 빈번함을 나타내는 접미사 −ito가 붙어 cogito라는 단어가 만들어졌다고 합니다. 그러니까 cogito의 원래 뜻은 '자주 모으다'인데, 사람들이 어떤 것을 한데 모으는 마음의 행위에만 이 단어를 사용하게 되면서 '생각하다'라는 의미로 고정되었다는 겁니다. 그의 설명에 의하면, 인간의 내부에는 그가 '감추어진 동굴'이라고 부르는 어떤 장소가 있는데, 거기에 많은 것이 파편으로 흩어진 채 숨어 있습니다. 그런데 그것들은 어떤 자극을 받지 않으면 동굴 밖으로 이끌려나오지 않는다는 겁니다.

어떤 책을 읽거나 누군가의 말을 듣다가 무언가가 불러일으켜지는 경험을 한 사람들은 아마 이 말을 이해할 수 있을 겁니다. 그때 우리 안에서 일어나는 일이 바로 '흩어져 있는 것을 한데 모으기', 즉 생각하기입니다.

『주간 문학동네』에 산문 연재를 시작하면서 "문장을 통해서만 세상에 모습을 드러내는 진실이 있다는 믿음"에 대해 말했는데, 그때 나는 저 『고백록』의 저자를 떠올리고 있었습니다. 우리는 문장으로 생각하고, 생각한 것을 문장으로 표현합니다. 내가 하는 생각은 내 안에서 나온 것이고, 그러니까 내 것이 아니라고 할 수 없지만, 그러나 그 생각은 어떤 문장의 작용 없이는 태어날 수 없는 것이니 온전히 내 것이라고 할 수도 없습니다. 이끌려나와 모습을 보이기까지 그 생각이 내 안에 있었는지조차 모를 테니까요.

『잃어버린 시간을 찾아서』의 작가 마르셀 프루스트가 작품이란 "그 책이 없다면 스스로 보지 못했을 것을 볼 수 있도록 작가가 독자에게 제공하는 일종의 광학기구"라고 했던 것을 기억합니다. 이 유명한 문장을 인용하면서 밀란 쿤데라는 친절하게도 "독자는 독서하는 순간 자기 자신에 대한 고유한 독자가 된다"(『커튼』)라고 덧붙였습니다. 책을 읽을 때 독자가 실제로 읽는 것은 책이 아니라 자기 자신이라는 뜻입니다. 책

(속 문장)은 '나'를 잘 읽도록 돕는 광학기구일 뿐이고, 그 광학기구가 있어서 나는 '나'를 읽을 수 있게 됩니다.

이 위대한 작가들의 말에 이의를 제기할 수 있을까요? '나'를 발견하게 해주기 때문에 책은 중요합니다. '나'를 읽게 하지 않는다면 책을 읽을 이유가 어디 있단 말입니까? 아니, 이렇게 말해도 되지 않을까요? '나'를 읽게 하지 않는 책을 도대체 왜 읽는단 말입니까? 책을 통해 '나'를 읽을 때, 나는 '나'를 통해 타인과 세상을 같이 읽습니다. 왜냐하면 '나'는 타인과 세상으로 이루어져 있기 때문입니다. '나'를 통해 읽는 사람과 세상만이 진실합니다. '나'를 배제한 어떤 사람과 세상에 대한 이해도 진짜가 아닙니다. 자기에 대한 의심과 돌아봄이 없는 이해만큼 위험한 것도 없습니다. 그래서 읽기가 중요합니다. 우리는 나를, 사람을, 세상을 정말 잘 읽어야 합니다.

그러려면 집중해야 합니다. 집중하지 않고 책을 읽을 때 독자는 책 말고는 읽지 못합니다. 아니, 책조차도 읽지 못합니다. 책에서 나, 사람, 세상을 읽지 않는 독자는 책을 읽지 않은 것과 같습니다. 왜냐하면 책은 나와 사람과 세상을 읽기 위한 광학기구이기 때문입니다. 집중하지 않고 '나'를 읽을 때 독자는 '나' 말고는 읽지 못합니다. 아니, '나'조차도 읽지 못합니다. '나'에게서 사람과 세상을 읽지 않는 사람은 '나'를 읽지

않은 것과 같습니다. 왜냐하면 '나'는 사람과 세상을 읽기 위
한 광학기구이기 때문입니다. 집중할 때만 책은 광학기구가
되어 읽는 사람 자신을, 그리고 그 자신을 통해 사람과 세상을
읽도록 도와줍니다.

집중하는 읽기를 고요한 읽기라고 바꿔 써도 되지 않을까
요? 고요하다는 것은 단지 소리가 없는 상태를 이르는 것이 아
니라 무엇엔가 깊이 몰두해 있는 상태를 가리키지 않습니까?

처음부터 이 책이 『고요한 읽기』였던 것은 아닙니다. 고백하
자면, 이 제목을 지은 사람은 내가 아닙니다. 연재 당시 제목
은 '이 낯선 지상에서'였습니다. 내게는 이 세상이 여전히 낯
설고 사람들이 아직도 어려워서, 이 낯선 지상의 저 어려운 사
람들을 이해하기 위해 잠수부처럼, 기꺼이는 아니고, 어쩔 수
없이 뛰어들곤 하는 책 속 문장들에서 생각들을 건져보겠다는
뜻으로 그렇게 지었지만, 임시 문패라는 걸 예감하고 있었습
니다. 긴 분량의 산문을 쓰도록 제안하고, 연재하는 동안 글에
대한 의견을 제시하고, 인용된 책들의 서지자료를 살피고, 글
의 성격에 따라 목차를 조정하느라 수고한 편집자가 마지막까
지 마땅한 제목을 못 잡아 고심하는 내게 이 문패를 선물했습
니다. 듣는 순간 '고요한' 몰두를 통해 얻어낸 생각들에 대한
기억이 떠오르고 '읽기'에 대한 새로운 기대가 솟았습니다.

『고요한 읽기』는 편집자 강윤정씨와 같이 작업한 세번째 책입니다. 첫 책이 칠 년 전에 나왔습니다. 그만큼 신뢰도 생겼습니다. 고마움을 전합니다.

떠오르는 생각들과 떠오르기 전의 생각들, 떠오르려고 하지 않는 생각들까지 끄집어내보겠다는 것이 이 글들을 쓰기 시작하면서 제가 한 말입니다. 약속은 아니고, 일종의 다짐 같은 것이었습니다. 그러려고 애는 썼습니다. 거기에 그것이 들어 있는지 나도 알지 못하는, '감추어진 동굴' 속의 생각들이 불러일으켜지기를 기대하며 내가 읽어왔던 문장들을 더듬었습니다. 그러나 떠오르려고 하지 않는 생각들까지 끄집어내지는 못했습니다. 생각들도 동굴 밖으로 나올 순서가 따로 있는지 모르겠습니다. 그래도 헝클어진 생각들을 펼쳐 정리할 수 있어 좋았습니다. 밀란 쿤데라는 스스로 자기 소설의 핵심 키워드를 정리한 사전을 만들었는데, 내게는 그런 의도가 전혀 없었고, 앞으로도 없을 테지만, 사십여 년 해온 내 소설 작업에 대한 일종의, 매우 주관적이고 서툰, 어딘가 어색하고 어쩔 수 없이 불명료한 주해, 혹은 변명문 비슷한 것을 작성했구나, 하는 생각을 교정지를 읽으며 했습니다. 그리고 이제, '문장을 통해서만 세상에 모습을 드러내는 진실'이 있다는 믿음이 조금 더 깊어졌습니다.

'고요한' 읽기를 가능하게 해준 빛나는 문장의 작가들에게 감사드립니다. 그리고 이 작은 책 『고요한 읽기』도, 혹시 누군가에게 광학기구가 될 수 있기를, 그래서 감추어진 동굴 속의 생각들을 끄집어내 '나'를 읽는 데 아주 미미한 기여라도 할 수 있게 되기를, 감히 바라는 이 마음을 너무 나무라지는 말아주십시오.

2024년 여름
이승우

차례

세상의 끝

1

"이곳 사람들은 그들이 사는 곳이 세상의 끝이라고 말한다."(졸저, 『캉탕』)

어떤 사람은 '캉탕'이 어디냐고 묻는다. 이 질문이 '세상의 끝'을 향하고 있다는 건 확실하다. 세상의 끝이 어딘지 안다면 물을 필요가 없는 질문이기 때문이다. 세상의 끝이라니! 그게 어디에 있다는 말이냐! 이 반문 속에 숨어 있는 것은 순진한 궁금증이 아니라 의심과 부정이다. 이렇게 묻는 사람은 자기가 그곳이 어디인지 모르는 것은 그곳이 어디에도 존재하지 않기 때문이라고 말하고 싶어한다. 그곳이 어디에도 존재하지 않는다는 사실을 자기가 알고 있다고 말하고 싶어한다.

'캉탕'이 어디냐고 묻지 않는 사람이 더 많다. '세상의 끝'이 어디인지 궁금하지 않아서가 아니라 어디엔가 존재한다는 걸 의심하지 않기 때문이다. 이들은 '그게 어디에 있다는 말이냐!'라고 의심하는 대신, '거기가 캉탕이구나!'라고 이해하려 한다. 아마 이들은 그곳이 한 군데가 아니라는 사실까지 알고 있을 것이다. 세상에는 '세상의 끝'이 많이 있다고 이 사람들은 생각한다. 캉탕이 그 여럿의 '세상의 끝' 가운데 하나라고 이해하는 사람은 위치를 묻지 않는다. 이들이 아는 것은 캉탕의 정확한 위치가 아니라 '세상의 끝'이 '어딘가'에 있다는 사실이다.

세상의 끝이 어딘가 있다는 걸 믿는 사람은 캉탕이 어디 있느냐고 묻지 않고, 세상의 끝이 어딘가 있다는 걸 믿지 않는 사람은 캉탕이 어디에 있느냐고 묻는다. 믿지 않으면서도 묻는 것이 아니라 믿지 않기 때문에 묻는다. '어디'를 궁금해하는 것이 아니라 '있다'를 의심하는 것이다. 사람들이 신에 대해 갖는 태도와 유사하다. 신의 존재를 믿지 않는 사람은 믿지 않으면서도, 가 아니라 믿지 않기 때문에 묻고, 믿는 사람은 믿으면서도, 가 아니라 믿기 때문에 묻지 않는다.

사실 세상에는 '세상의 끝'이라고 불리는 곳이 아주 많다. 대개 바다에 닿아 있는 육지의 끝부분에 이런 이름이 붙어 있다. 그러니까 땅끝. 이 명명에 의하면 세상은 육지로 제한되고, 지구조차 담지 못한다. 지구는 바다를 포함하니까. '땅끝'으로 그 의미가 치환된 '세상의 끝'은 지구 곳곳에 있다. 한반도의 최남단, 전라남도 해남군 송지면 송호리에도 땅끝마을이 있다. 캉탕이 어디 있는지 묻지 않는 사람은 (아마도) '세상의 끝'을 땅끝과 동일시한 사람일 가능성이 높다. 왜냐하면 소설의 첫 문장이 캉탕을 '대서양에 닿아 있는 작은 항구도시'라고 지시하고 있기 때문이다. 대서양에 닿아 있는 작은 항구도시인 캉탕은 태평양과 연결되어 있는 해남의 땅끝마을을 자연스럽게 소환한다. 이 연상 작용에 의해 캉탕은 땅끝마을과 같은, 여러 '세상의 끝'들 가운데 한 곳으로 이해된다.

그렇지만, 너무 당연한 말이지만, 세상은 땅(육지)과 동의어가 아니다. 땅과는 달리 세상은 '곳'을 지시하지 않는다. '곳'을 포함하지만 '곳'만을 가리키지는 않는다. 자연은 세상의 일부이다. 장소와 시간과 사람이 '세상'에 다 들어 있다. 세상은 이것들을 다 포함한다. 무엇보다 사람이 빠진 세상은 생각하기 쉽지 않다. 세상은 대체로 인간 세상이다. '세상의 끝'에서 흔히 지구의 멸망이나 우주적 종말을 연상하게 되는 것은 이 와 무관하지 않다. 말하자면 '땅끝'은 어딘가에 있는 장소지만 '세상의 끝'은 어떤 상태이다. 그러니까 '캉탕'이 어디냐고(어 디 있다는 말이냐고) 묻는 사람은, '세상의 끝'에서 '땅끝'을 떠 올리지 않은 사람일 가능성이 높다. '세상의 끝'을 '땅끝'과 동 일시하지 않는 사람. '땅끝'은 어딘가에 있고, 그러니까 눈으 로 볼 수 있지만, '세상의 끝'은 어딘가에 있는 것이 아니라 어 떤 상태로 있고, 이 상태는 물리적이기만 한 것이 아니므로, 눈에 잡히지 않는다. 예컨대 우리가 스키터 데이비스의 오래 된 팝송 〈The End of the World〉에 공감하는 것은 전혀 이상 하지 않다. 사랑을 잃고 실의에 빠진 사람은 여전히 햇빛이 비 치고 파도가 치고 새가 노래하고 별들이 빛나는 것을, 세상이 여전히 그대로 있는 것을 이해할 수 없어한다. 왜냐하면 사랑 하는 사람이 떠났을 때 세상은 끝났기 때문이다. 그 상태가 세 상의 끝이기 때문이다.

왜 심장이 뛰고 눈물이 흐를까?
모르는가, 세상이 끝났다는 것을.
당신이 내게 작별을 고하는 순간
세상이 끝났다는 것을.

그의 세상은 종말을 맞았다. 그러나 세상은 그 자리에 그대로 있다. 세상은 그 자리에 그대로 있지만, 그러나 그는 '세상의 끝'에 있다. 장소가 아니라 어떤 상태라는 건 그런 뜻이다. 끝은 그렇게 온다. 개별적으로, 세상과 상관없이. 말하자면 실존적으로.

2

『캉탕』은 '세상의 끝'에 도착한 세 사람의 이야기다. 각각의 사연을 가지고 있지만, 실은 세 개의 이름을 가진 한 사람의 이야기라고 해도 틀리지 않다. 그런데 다시, 이들이 와 있는 이곳, 캉탕, '세상의 끝'은 어디일까? 그들은 어디에 와 있는 것일까?

옛날 사람들은 똑바로 계속 걸으면 세상의 끝에 닿고 낭떠러지로 떨어질 거라고 믿었다. 세상이 평평하다고 생각했기 때문이다. 똑바로 계속 걸으면 언젠가 출발한 자리로 돌아온다는 걸, 세상이 둥글다는 걸 알고 있는 우리는 안다. 둥근 지구에서 사는 우리에게는 출발점이 곧 도착점이다. 끝은 시작에 있다. 등뒤에 있는 사람이 가장 멀리 있는 사람이다. 등뒤에 있는 사람을 만나려면 한없이 걸어 끝까지, 세상의 끝까지 가야 한다.

등뒤에 있는 사람이라고? 아니다. 끝에 가서 만나게 되는 사람은 그 '등'을 가진 사람, 자기 자신이다. 끝까지 가는 사람은 출발한 자리로 돌아온다. 끝이 시작에 있다. 그러니까 출발한 사람은 끝에 이르러 만날 사람과 동일인이다. '세상의 끝'에서 만날 수 있는 사람은 나다. 그가 나다. 나는 나에게서 가장 멀리 있다. 나는 나의 '세상의 끝'이다. '나'는 끝에 가서야 만날 수 있는 아주 먼 대상이다.

나는 나에게서 가장 멀고, 내가 가장 잘 모르고, 내가 가장 만나지 않으려고 하는 사람이다. 나는 내가 가장 두려워하는 사람이다. "우리가 우리 자신보다 두려워하는 것이 또 있을까?"(헬무트 틸리케, 『신과 악마 사이』) 각성한 인간에게는 오직 하나의 의무만이 존재하는데, 그것은 자기 자신에게 도달하는 것이라고 헤르만 헤세는 말한다. "나는 나의 내면에서 뿜어져나오려는 것을 실현하며 살고 싶었을 뿐이다. 그것이 왜 그토록 어려웠을까?"(『데미안』) 그것이 왜 그토록 어렵냐고?

헤세는 같은 책에서 이미 답을 말해버렸다. 그것이 '의무'이기 때문이다. 의무는 언제나 어렵다. 할 수 있는 한 피하고 싶은 것이 의무다. '기꺼이'가 아니라 '마침내' 하게 되는 것이 의무다.

행여라도 사람은 기꺼이 자기를 찾는다고 말하지 말라. 사람은 할 수 있는 한 자기 자신을 찾지 않으려고 회피한다. 어쩔 수 없이 마주할 때까지 외면한다. 마지막에 이르러 마침내 하지 않을 수 없을 때까지 달아난다. 자기 자신이 가장 멀리 있다. 끝에 가야 만날 수 있는 사람이 자기 자신이다.

사람은 자기 앞에 가는 사람을 미워하고, 미워하면서 따라가고, 자기 뒷사람은 부정한다고, 뒤를 돌아보지 않는 이유가 그 때문이라고 볼프강 보르헤르트는 말한다.

내 뒤에서 내 뒷사람이 되어 걸어보아야 한다. 그러면 네가 얼마나 빨리 나를 미워하게 되는지 보게 될 것이다.

우리는 왜 뒤를 돌아보지 않는가. 보르헤르트는 뒷사람이 자기를 미워한다는 걸 알기 때문이라고 알려준다. "모든 뒷사람들은 앞사람을 미워한다." 앞사람인 나는 나를 미워하는 뒷

사람을 만나는 것이 두렵다. 그래서 몸을 돌려 뒤에 있는 그를 만나는 대신 회피하고 외면하고 달아나는 편을, 부정하는 편을 택한다. 뒤를 돌아보는 대신 앞으로 걷는 쪽을 택한다.

만나지 않으려고 앞으로, 끝까지 걷는 그 걸음이 뒷사람을 만나는 길이라는 건 역설이 아닐 수 없다. 그/나를 만나기 위해서는 앞으로, 끝까지 가야 한다. 만나지 않으려고 앞으로, 끝까지 가야 한다. 계속 앞으로만 가서 그 앞에 있는 뒷사람, 만나고 싶지 않은, 두려운 그/나를 만난다.

보르헤르트의 이 남자, 432번 죄수는 호두알처럼 굳게 닫힌 감방 안에서 비로소 자기 자신을 만난다. '나'는, "내가 가장 두려워하는, 바로 나 자신이라는 놈과 함께 갇혔다." '나'가 열 수 없는 문이 뒤에서 닫히고, '나'는 독방에 갇힌다. 홀로, 그러니까 비로소 내가 가장 만나기를 원치 않는 마지막 사람, '나'와 함께. 내가 나 자신과 홀로 남게 되는 이 사태는 내가 나에게 '맡겨진' 것이고, 나에게 '넘겨진' 것이다.(「민들레」)

자기 자신 말고는 아무것도 없는 상태, 오직 자기 자신에게 맡겨지고 넘겨진 상태, 자기를 미워하는, 무섭고 만나기 싫어 피하기만 했던 뒷사람을, 오직 그/나만을 마주한 상태. 세상의 끝.

그런 시간이 있다. 자기 자신과 마주해야 하는 시간. 피할 수 없는 시간. 부딪쳐야 하는 시간. 다른 사람의 얼굴이 아니라 자기 얼굴을, 눈을 부릅뜨고 똑바로 쳐다보아야 하는 시간.

"그대는 눈이 있어도 보지 못하오." 이 말은 눈먼 예언자 테이레시아스가 눈이 멀기 전의 오이디푸스에게 한 말이다. 눈먼 예언자는, 왕이 눈을 뜨고 있으면서도 자기가 어디 사는지, 누구와 사는지조차 모른다는 사실을 지적한다. "그대는 눈이 있어도 보지 못하오." 오이디푸스만 들을 말이겠는가. 이사야와 예레미야는 눈이 있어도 보지 못하고 귀가 있어도 듣지 못한다고 이스라엘 백성들을 한탄했다. 이스라엘 백성만 그렇겠는가. 우리는 눈이 있어도 보지 못하고, 보지 않으려 한다. 귀가 있어도 듣지 못하고, 듣지 않으려 한다. 보게 될 것, 듣게 될 것이 두렵기 때문이다.

눈먼 예언자는 눈이 멀기 전의 오이디푸스에게 말한다. "그대가 그대의 재앙이라오."(소포클레스, 「오이디푸스왕」) 나는 이 말이 무섭다. 불행의 원인을 외부에 돌릴 수 있는 한 나는 안전하다. 내 재앙의 원인이 나에게 있다는 사실을 외면하는 한 버틸 수 있다. '앞사람'을 바라보며 미워하는 한 살 수 있다. 세상이 내 곤경의 탓이 되어주는 한, 불안정해도 아직 살 수 있다. 나에게 도달하지 않는 한 살 수 있다.

자기가 자기의 재앙이라는 걸 오이디푸스가 몰랐다고 할 수 없다. 몰랐다면 왜 그렇게 필사적으로 자기로부터 달아나려 했겠는가. 한사코 자기에게 도달하지 않으려고 한 이유가 무엇이겠는가.

3

세상이 외부의 사람들을 만나기가 두려워서 내부로 도피한 사람들에 대해서는 우려하면서 내부의 나를 만나기가 두려워서 외부로 도피한 사람들에게 신경쓰지 않는 것은 그들이 덜 위험하다고 생각하기 때문이다. 집단은 개별성을 삼킨다. 삼켜야 만족한다. 삼켜지지 않은 개별성을 보면 집단은 어쩔 줄 몰라 한다.

누구보다 열심히 일하고 최선을 다해 사는 사람의 동기가 도피인 경우가 있다. 열심히 일하는 모든 사람이 그런 것은 아니다. 그런 사람이 있다. 내부를 피해 외부로 달아난 어떤 사람은 외부에서, 그러니까 세상에서 정말 열심히 일하고 최선을 다해 산다. 그는 내부의 '나'를 만나기가 두려워서 외부에서만 산다. 외부에서 타인과 일과 열심히 산다. 누구보다 바쁘게 최선을 다해서 산다. 『캉탕』의 한 인물처럼, 전쟁하듯 산다. 살아남기 위해 매일 싸운다. 한순간도 마음을 내려놓지 못한다. 늘 마음을 들고 살아야 해서 힘들다. '자기 착취'가 그렇게 이루어진다. 그렇지만 그는 다른 사람 눈에 성실하고 열정적인 사람으로 보이고, 그 결과 일정한 성취를 이뤄내기 때문에 능력 있는 사람으로 평가되기도 한다. 그는 자기와의 만남을 피해 필사적으로 앞으로 나아가기만 한다. 오이디푸스는 얼마나 필사적이었는가! 신탁과 운명을 피하기 위해 그는 망명객이 되고 나그네가 된다. 밖으로, 외부로, 되도록 자기 자신으로부터 멀어지기 위해 최선을 다한다. 그가 가장 두려워하는 것은 그 자신이다. "우리가 우리 자신보다 두려워하는 것이 또 있을까?"

그러나 그럴 수 없는 시간이 온다. '뒤에서 문이 닫히고', 혼자 '나'에게, 그 무서운 놈에게 넘겨지는 시간. 그렇게 필사적으로 세상과 싸우며 살던 『캉탕』의 인물 한중수는 어느 날 사이렌소리를 듣는다. 강연장에서 자기 강연을 듣고 있는, 오래

전에 죽은 아버지를 본다. 그가 세상에서 필사적으로 싸우며 쌓아올린 것들이 한꺼번에 무너지려 한다. 회피하기 위해 앞으로만, 밖으로만 내달리던 그의 걸음이 멈춘다. 앞이 막혔기 때문이다. 끝에 도달했기 때문이다. 그는 더 버티지 못하고, 마침내 캉탕을 향해 간다. '세상의 끝'은, 그러니까 그가 한사코 도달하지 않으려 한 그의 내부이다. 내부로 들어가기가 그렇게 어려운 것은 내부가 끝에 있기 때문이다. 거기서 우리는 우리의 외부가 알지 못하는, 한사코 알려고 하지 않는 내부를 만난다.

우리의 눈은 밖을 보도록 설계되었다. 눈이 밖을 향해 나 있어서 우리는 안을 보지 못한다. 설계도를 바꿀 능력과 자격이, 설계도에 따라 만들어진 기계에게는 주어져 있지 않다. 밖(에 있는 것)을 보려면 당연히 눈을 떠야 하고, 안(에 있는 것)을 보려면 어쩔 수 없이 눈을 감아야 한다. 예컨대 기능을 바꿔야 한다. 눈을 감음으로써 외부를 차단해야 한다. 외부를 차단하는 것이 내부를 보고 듣는 방법이다. 예언자 테이레시아스가 맹인이라는 사실에 별다른 뜻이 없다고 할 수 없다. 그는 어둠을 본다. 어둠 속에서, 밝음 속에서는 볼 수 없는 것을 본다.

그렇지만 외부를 차단하는 것이 어떻게 내부를 보는 방법이 된단 말인가, 라는 질문을 예상할 수 있다. 예컨대 눈을 감으면 빛이 차단되고, 캄캄해질 뿐이지 않은가, 눈을 감는다고 눈이 안으로 휘어지는 것은 아니지 않은가, 라고 반문할 수 있다. 이 반문은 사람의 내부를 외부와 같은 '공간'으로 간주한 사람의 입에서 나온다. 그러나 사람의 내부라는 공간은 없다. 사람의 내부는, 외부와 같은 식으로, 그러니까 하나의 장소로 있지 않다. 내부는 '어디'(공간)가 아니라 자기 자신이다. 뒤에서 문이 쾅 닫히고 독방에 혼자 남겨졌을 때 그 세상의 끝, 절체절명의 순간에 마주하게 되는, '내가 가장 두려워하는, 바로 나 자신이라는 놈'이 나의 내부다. 그러니까 내부는 궁극이다. 마지막이다. 막다른 길이다. 거기서 더 나아갈 수 없다. 언제나 '나'는 가장 나중에 만난다.

내부, 즉 '나'를 보는 눈은, 그러니까 내 눈이 아니다. 내 눈으로는 '나'를 볼 수 없다는 것이 논리적 귀결이다. 내 눈은 '나'를 제외한 모든 것을 볼 수 있다. 내 눈으로는 무엇이든 볼 수 있지만 '나'는 볼 수 없다. 나만 볼 수 없다. 눈은 밖을 향해 열려 있는데, '나'는 밖에 있지 않기 때문이다. 그러면 나는 '나'를 어떻게 보는가. 다른 눈으로 볼 수밖에 없다. 이 역시 논리적 귀결이다. '나'를 보는 이 눈은 누구의 눈인가. 오이디

푸스를 향한 예언자/코러스의 말에는 이에 대한 암시, 예언의
말이 들어 있다.

　　모든 것을 보는 시간은 그대도 모르는 사이에 그대를 찾
　　아내어……

'그대도 모르는 사이에 그대를 찾아내'는 그것을 현자는 '시
간'이라고 말한다. 시간이 모든 것을 본다고 말한다. 소포클레
스가 '시간'이라고 부르는, 모든 것을 보는 존재를, 시편의 저
자 다윗은 '주Lord'라고 부른다. 히브리인들은 그들의 신인 야
훼의 이름을 감히 입에 올릴 수 없어 주(아도나이Adonai)라고
대신 불렀다. "내가 주를 떠나 어디로 갈 수 있으며 주 앞에서
어디로 피할 수 있겠습니까? 내가 하늘에 올라가도 주는 거기
계시며 내가 하계에 가서 누워도 주는 거기 계십니다."(시편
139:7-8)

　시간이 '그대'를 찾아낸다는 것은, '그대'가 시간에 의해 발
견된다는 것, 시간의 눈이 그대를 본다는 것이다. 그대가 시간
의 눈으로, 그러니까 모든 것을 보는 신의 눈으로 그대 자신을
본다는 것이다. 모든 것을 보는 시간/신 앞에서는 아무것도
숨길 수 없다.(히브리서 4:13) 그대가 어떻게 할 수 없다는 점

에서, 철저하게 수동적이어야 한다는 점에서, 불가사의하다는 점에서, 시간은 신의 은유이다. 아니면, 신이 시간의 은유일까.

4

  그렇다. 세상의 끝에서는 '나'가 발견된다. '시간/신의 눈에 의한 발견'이다. 시간/신에 의해 '나'가 발견되는 실존의 상황이 세상의 끝이다.

  거기에 이르기 전까지 나는 다만 보는 자, 발견하는 자이다. 보는 순간 나는 내가 본 것을 규정한다. 분류하고 범주화한다. 보는 순간 그런 일이 자동적으로 일어난다. 분류하고 범주화하는 것이 보는 방법이기 때문이다. 내가 나의 외부만을 발견하는 것이 그 때문이다. 나는 나의 내부가 발견되고 규정되는 걸 견디지 못한다. 발견이 곧 발각이기 때문이다. 나는 나의 내부, 즉 '나'만 빼고 다 발견한다. 나는 '나'만 빼고 다 규정한다. '나'를 보는, 볼 수 있는 눈이 나에게 없기 때문이다. '나'는 시간/신의 눈에 의해서(만) 발견된다. 그것은 세상의 끝에서만 가능하다. 세상의 끝에 이르기 전에 '나'는 결코 발견/발각되지 않는다. 그 전에는 '나'가 결코 시간/신의 눈을 용납하지 않기 때문이다.

거기에서 무슨 일이 일어나는가? 캉탕/세상의 끝에서 그대/나는 무엇을 하는가, 무엇을 겪는가? '나'는 나에게 어떤 일을 시키는가?

우리는 그의 앞에 모든 것을 드러내놓아야 합니다.(히브리서 4:13)

히브리서의 저자는 아무것도 숨길 수 없는 분 앞에서 우리가 할 수 있는 일은 모든 것을 드러내놓는 것이라고 말한다. '세상의 끝'에 이른 사람은 모든 것을 드러내놓는다. 드러내놓지 않을 수 없기 때문에 드러내놓는다. 모든 것을 보는 시간/신에 의해 발각되었기 때문에 드러내놓는다.

고백은 벌거벗는 것이 아니라 벌거벗겨지는 것임을 우리는 안다. 능동의 형태를 띤 이 동사 '고백하다'에 자발적인 성격은 거의 없다. 고백하는 사람은 고백하지 않을 수 없는 상황에 내몰린 사람이다. 우리는 고백하지 않을 수 없는 상황에 내몰리기까지 고백하지 않는다. 고백은 어렵고, 거의 불가능하고, 그러므로 일단 행해진 고백은 천하만한 무게를 지닌다. 고백하지 않을 수 없는 상황에 내몰리지 않은 사람이 하는 고백, 이른바 자발적인 고백에는 자랑의 성격이 섞여 있을 것이다. 깃털처럼 가벼운 것이 자랑이다. 자랑하기 위해 고백할 수 없다. 어떤 고백도 자랑이 될 수 없다.

『캉탕』의 인물들은 '세상의 끝'에 이르러 모든 것을 드러내 놓기를 요구받는다. 그렇게 어려운, 거의 불가능한 요구. 이 요구는 '나'로부터 온 것이다. '나'로부터 받은 것이므로 피하지 못한다. 이들은 회고록이나 일기의 형태로 고백한다. 모든 글은 일종의 고백이고, 모든 고백은 누군가에게 하는 것이고, 그 누군가는 시간/신, 즉 '나'이다. 회고록은 자기를 드러내고, 일기는 자기를 향해 쓰는 기도이다.

이것은, 파스칼을 따라 말하면, 위대함을 획득하는 과정이다. 자신이 비참한 존재임을 알기 때문에 사람은 위대하다고 파스칼은 말했다.

인간은 자기가 비참하다는 것을 안다. 따라서 그는 비참하다, 실제로 그렇기 때문에. 그러나 그는 진정 위대하다, 자신이 비참하다는 것을 알기 때문에.(『팡세』)

그런데 그 위대함의 획득이 끝에 가서 이루어진다니! 마지막이라니! 이 끝 다음에 무언가 있지 않다면 이 획득이 무슨 의미란 말인가? 그렇지만 끝은 끝. 마지막은 마지막. 끝 다음에 무엇이 있다면 그것은 끝이 아니고, 마지막에 이르렀는데도 또 갈 곳이 있다면 거기는 마지막이 아니다. 아니, 그렇지 않다. 끝 다음에 무엇이 있다. 시작이다. 끝 다음에는 시작 말고 다른 것이 있을 수 없다. 마지막에 도달한 다음에 갈 수 있는 곳은 출발점밖에 없다. 종착역이 출발역과 같다는 사실을 상기하는 것으로 충분하다. 무슨 대단한 역설이 아니다. 우리는 종착지에서 출발한다. 이 문장은 다음 문장과 의미가 같다. 우리는 출발지에 도착한다. '세상의 끝'이 나의 등뒤, 나의 내부, 나 자신이라는 것은 곧 마지막이 출발점과 같다는 뜻이다. 앞을 향해 끝까지 걸어 처음에 이른 것이다.

안타를 친 타자는 홈에서 출발해 홈으로 돌아온다. 윷놀이 판의 말이 돌아와야 하는 곳도 출발한 곳이다. 도착점이 시작점이다. 그러나 시작점이 도착점이라고 할 수는 없다. 출발하지 않고 도착할 수는 없다. 출발하지 않은 사람에게는 시작점만 있을 뿐 도착점은 없다. 아니, 그에게는 시작점도 없다. 아직 출발하지 않았기 때문이다. 출발해서 도착한 사람만이 도착점을 가진다. 출발해서 도착한 사람에게만 도착점이 시작점

이 된다. 이때 시작점은 도착 이후의 시작점이다. 그는 시작점
으로 돌아왔지만, 원래 있던 자리로 단순히 회귀한 것이 아니
라 새로운 시작의 자리에 새로 선 것이다. 자리는 같지만 그
자리는 같은 자리가 아니다. 사람이 달라졌기 때문이다. 그는
도착한 자로서 시작점에 섰다. 그는 세상의 끝까지 갔고, 거기
서 시간/신, 즉 '나'에 의해 발각되었고, 발각되어 벌거벗겨짐
(고백됨)의 상태에 이르렀고, 그러므로 그는 다른 그다. 고백
한 사람은 고백 이전으로 돌아갈 수 없다. 무엇을 고백했느냐
는 부차적이다. 고백의 내용이 아니라 고백한 사실이 그를 다
른 사람으로 만든다.

그는 개종한 사람과 같다. 개종한 사람은 개종 전의 그 사람
과 다른 사람이다. 그렇지만 사람은 중력과 관성에 기울어지
기 쉬운 존재이니, 개종은 되풀이해서 일어나야 한다. 거듭 시
간/신의 눈에 의해 발견되어야 한다. 거듭 도착해야 하고 늘
출발해야 한다. 출발하기 위해 도착해야 하고 도착하기 위해
출발해야 한다. 다른 사람이므로 다시 출발할 수 있다. 우리는
다른 사람일 때만, 다른 사람으로서만 새로 출발할 수 있다.

작가라는 환영

1

사람들은 늪지대의 밀림이 불경하게 침범해 있는 그 신전의 신을 더이상 숭배하지 않았다. 그 이방인은 신전의 기둥 아래에 몸을 뉘었다.

한 남자가 이제는 폐허가 되어버린 신전에 도착한다. 그곳에서 그는 아무 일도 하지 않는다. 아니다. 그는 꿈을 꾸는 일을 한다. 다만 꿈꾸는 일만 한다. 호르헤 루이스 보르헤스의 「원형의 폐허들」은 이렇게 시작한다. 『픽션들』에 실려 있는 이 소설은, 그의 대부분의 소설들이 그런 것처럼 짧고, 그의 대부분의 소설들이 그런 것처럼 이해하기가 쉽지 않다. 보르헤스는 어떤 대담에서 사유나 관념보다는 이미지나 우화에 더 끌린다고 말한 바 있는데, 우화적인 이야기는 그 자체로 자생적이지 않고 더 본질적인 다른 이야기를 가리킨다. 보다 실제적이고 더 근본적인 다른 의미를 향해 자기 몸을 내주는 이야기가 우화라면, 우화적 독서는 그 이야기가 가리키는 현실과 근본을 밝히는 넓은 의미의 은유적 해석의 과정일 것이다. 이 짧은 소설을 메타픽션으로, 그러니까 소설 창작의 비의를 '비의적으로' 드러낸 소설로 읽을 수 있는 것도 그래서 가능하다는 뜻이다.

이 사람은 오래전 화재가 있기 전까지 신전이었던, 지금은 찾는 사람이 없는 황폐한 곳에 머문다. 이곳이 그의 거처이다. 그는 그곳에 도착하고, 그곳에 머물고, 마지막까지 그곳을 떠나지 않는다. 왜 그곳일까? 그는 왜 그곳에 있을까? 그는 그곳이 '자신의 포기할 수 없는 목표에 아주 합당한 장소'라고 느낀다. 폐허가 된 신전이 그에게 아주 어울리는 장소라는 뜻이다. 우연히 그곳에 이른 것이 아니라는 뜻이다.

소설에는 그가 '남쪽'에서 왔다고 되어 있다. 그러나 아마 서쪽이어도 상관없을 것이다. 그곳으로 오는 길은 여럿일 것이다. 소설에는 그가 배를 타고 왔다고 한다. 그러나 말을 타고 왔다고 해도 상관없을 것이다. 그의 고국이 강 위쪽의 거친 산기슭에 자리잡은 마을들 중의 하나라는 내용도 소개되어 있다. 그러나 강 아래 마을들 중의 하나여도 상관없을 것이다. 중요한 것은 도착한 이곳이 '합당'하다는 것이다. 그는 남쪽, 산기슭에서 왔지만 꼭 거기서 와야 하는 것은 아니다. 그는 배를 타고 왔지만, 꼭 배를 타고 와야 하는 것은 아니다. 그는 어디서나 올 수 있다. 어떤 경로를 통해서든 올 수 있다.

작가는 누구인가, 라는 질문은 작가 이전을 향하지 않는다. 작가 이전에 그는 누구였는가. 어디서 무엇을 했는가. 어떤 과정을 통해 작가가 되었는가. 이런 질문은 호사가들의 흥밋거리를 위해 필요할 뿐이다. 이것은 작가가 누구인지를 알려고 하는 사람의 질문이 아니다. 물어야 하는 질문은 어디 있는가, 이다. 어디서 왔는가, 가 아니라 어디에 머무는가, 이다. 이곳에 왔다는 사실이 중요하다. 이곳에 오기 전까지는 온 것이 아니다.

그는 이곳을 자기의 거처로 정했다. 아니, 그가 정한 것은 거처가 아니라 꿈꾸는 자의 신분이다. 그가 꿈꾸는 자로 살겠다고 결정하는 순간 그곳이 그의 자리로 정해졌을 것이다. 그는 거부할 수 없었을 것이다. 그러니까 그곳을 자기 자리로 정한 것은 그가 아니다. 온전히 자유롭게 선택하지만, 동시에 다른 선택의 여지가 없는 유일한 선택이기도 하다. 자유와 운명은 작가에게는 한 단어이다. 작가는 누구의 강요도 받지 않은 상태에서, 자신의 의지에 따라 온전히 자유롭게 창작자가 되기로 결단한다. 그러나 그 결단은 그에게 주어진 단 하나뿐인 선택지이므로, 그는 그것 말고는 다른 것을 선택할 능력이 없다. 그는 다른 곳에 갈 수 있는데도, 그곳에 오지 않을 수 있는데도 불구하고 그곳에 온 것이 아니라 그곳에 올 수밖에 없기 때문에 그곳에 왔다. 그럼에도 불구하고, 그가 그곳에 온 것은 온전한 그의 뜻이다. 그는 완전히 자유롭고 완전히 부자유하다.

페루의 작가 마리오 바르가스 요사의 표현에 의하면, 몸안에 촌충을 가진 자는, 그 기생충이 시키는 대로 하지 않을 수 없다. 음식을 먹고 물을 마시는 것은 그 사람이다. 그러나 허기를 느끼게 하고 갈증을 느끼게 해서 물이 있는 곳으로 가게 하는 것은 그 사람 몸안의 기생충이다. 그 스스로 음식을 먹고 물을 마시지만 그것은 기생충의 요구를 거부할 수 없기 때문에 그렇게 하는 것이다. 스스로, 그러나 사로잡혀서. 그는 사로잡힌 자이다.

이 사람의 이런 처지를 설명하기 위해서는 모순과 당착의 이상한 문장이 필요하다. '그는 그곳에 올 수밖에 없기 때문에 자발적으로 그곳에 왔다.' 모든 작가는 자발적으로 작가가 된다. 그런데 그의 그 자유로운 선택의 시간에 그가 작가 아닌 다른 이름을 떠올리지 못한다면, 꿈꾸는 일 말고 하고 싶은 다른 일을 찾지 못한다면, 그가 다른 무엇을 선택할 수 있을까. 광대의 단식은 묘기가 아니다. 그는 먹고 싶은 음식이 없어서 먹지 않는다.(프란츠 카프카,「단식 광대」)

자발적으로, 그러나 어쩔 수 없이—그것이 그의 운명이다. 자유와 운명이 한 단어라는 것은 그런 뜻이다.

그런데 그가 자기 자리로 정한 곳이 왜 그곳일까. 왜 폐허가 된 신전일까. 그는 왜 시장이나 광장이나 놀이공원이 아니라 그곳을 자기 자리로 정했을까.

한때 이곳은 기도하고 예배하러 온 사람들로 붐볐으나 이제 아무도 찾아오지 않는다. 신전은 장엄하고 거룩했고 신성한 빛을 발산했다. 신전을 장엄하게 하고 거룩하게 하고 신성하게 하는 것은 건물이 아니다. 건물의 높이나 화려함이 아니라 숭배하는 자들의 기도와 찬미이다. 신전이 왜 폐허가 되어 있는가는 물을 필요가 없다. 지은 지 오래되었다고 폐허가 되지 않는다. 화재가 났다고 폐허가 되지 않는다. 불탄 건물은 다시 지으면 된다. 지금 이 신전이 폐허가 되어 있는 것은 숭배하는 자들의 기도와 찬미가 사라졌기 때문이다. 사제가 사라지고 신도들이 찾지 않기 때문이다.

사제가 사라지고 신도들이 찾지 않아 폐허가 된 신전을 이 꿈꾸는 자는 자기 자리로 삼았다. 이 꿈꾸는 자는 이 폐허를 자기가 할 일인 꿈꾸기에 알맞다고 여겼다. 아니, 꿈꾸기에 대한 그의 열망이 그가 있을 자리를 정했다. 그 자리는 '자신의 포기할 수 없는 목적에 아주 합당한 장소'였다.

이 꿈꾸는 자가 시장이나 광장이나 놀이공원을 자기 자리로 택하지 않은 것은 그런 곳에서는 꿈꾸는 것이 가능하지 않다는 것을, 어쩌면 본능적으로, 알았기 때문일 것이다. 그런 곳에는 그런 곳에 어울리는 사람들이 있다. 이 사람은 이곳, 폐허가 된 신전에 어울리는 사람이다. 신전이 아니고 폐허도 아니다. 폐허가 되지 않은 신전이라면 오지 않았을 것이다. 신전이 아닌 폐허도 역시 이 사람을 끌지 않았을 것이다. 이 사람은 꿈꾸는 사람이고, 그런 곳에서만 꿈을 꿀 수 있는 사람이다.

문학에 유사종교적 기능이 있다는 것은 받아들이기 어려운 말이 아니다. 인간의 존재 방식에 대해 고민한다는 점에서 문학은 종교의 거울이다. 인간은 누구이고, 어떻게 살아야 하고, 왜 그렇게 살아야 하는지 질문하고 추구해야 하는 것은 우리가 인간이기 때문이다. 대부분의 사람들 눈에는 거의 보이지 않게 되었지만, 그래도 아직 어떤 사람들 눈에 보이는 문학의 광채는 거기서 말미암는다고 나는 생각한다.

2

"그는 한 인간을 꿈꾸고 싶었다. 그는 세심한 완벽함을 가지고 그를 꿈꿔 현실 속에 내놓고 싶었다." 폐허가 된 신전에 도착한 이 사람이 하는 일은 꿈꾸는 것이다. 그는 아무것도 하지 않고 오직 꿈꾸는 일에만 전념한다.

꿈을 꾼다는 것은 무엇일까. 꿈은 현실 바깥의 세계이다. 실재하지 않는 세계이고 물화할 수 없는 세계이다. 꿈은 육체를 가지고 있지 않다. 아무리 실감나는 꿈도 꿈에서 깨면 연기처럼 사라진다. 사실처럼 느껴진다는 것은 사실이 아니라는 것을 폭로하는 말이다. 그런데도 이 일이 중요한가? 이 질문을 해야 하는 이유는, 이 사람이 이 일 말고는 하지 않기 때문이다. 아니, 이 사람이 하는 유일한 일인 꿈꾸기를 일이라고 할 수 있는가? 이 질문은 이상하지 않다. 꿈꾸기가 일인가, 하는 질문은 그 안에 꿈의 실재적 역할과 기능, 그리고 그 가치에 대한 회의를 감추고 있다. 보다 노골적으로 바꿔 말하면 이렇다. "대체 꿈이 무슨 일을 할 수 있는가."

"그만 놀고 공부해라." 이것은 도시의 부모들이 자녀들에게 하는 말이다. 시골에서 자란 나는 어릴 때 이런 말을 들었다. "그만 놀고 이제 일해라." 나는 이 말을 책을 읽고 있는 나에게 어른들이 했던 말로 기억한다. 시골에서는, 적어도 내 유년기 때는, 근육의 구체적인 움직임이 동반된 육체의 수고가 아니면 '일'로 간주되지 않았다. 공부는 일에 포함되지 않았다. 독서는 일에 포함되지 않았다. 도시의 부모들이 자녀에게, 그만 놀고 공부하라고 할 때 공부는 일이다. '놀이'와 대척점에 있는 것은 '일'이다. 공부하느라 수고한다거나 무리하지 말고 쉬어가면서 공부하라는 말을 하는 것은 공부를 일이라고 인정하는 사람의 화법이다. 공부하는 내게 수고한다는 말을 해준 어른이 있었던 것 같지 않다. 쉬면서 공부하라는 말 대신 쉬었으니 이제 일하라는 말이 훨씬 자연스러웠다. 공부가 일이라는 생각을, 적어도 소년기에는 하지 못했다. 일은 물리적이고, 실적으로 나타나는 어떤 것이었다. 가시적인 결과물이 나타나야 했다. 공부나 독서는, 가시적으로 무엇을 나타나게 하지 못했다. 그것을 일이라고 할 수 없었다.

꿈이야 더 그렇지 않겠는가.

'꿈꾸다'라는 동사는 능동의 형태를 띠고 있지만, 이 동사가 가리키는 행위를 능동적으로 할 수 있는 주체는 없다. 예컨대 '공부하다'나 '먹다', 혹은 '노래하다'처럼 꿈꾸는 행위를 할 수 있는 사람은 없다. 공부하는 사람은 공부하는 행위를 한다. 먹는 사람은 무엇인가 먹는 행위를 하고 노래하는 사람은 어떤 노래인가를 부르는 행위를 한다. 공부하거나 먹거나 노래하는 사람은 그 행위의 주체다. 꿈꾸는 사람은 꿈꾸는 행위를 하는가. 꿈꾸는 행위를 할 수 있는가. 꿈꾸는 행위를 하는 사람이 있는가.

이 능동태의 동사 '꿈꾸다'는 피동의 행위에 붙여진 이상한 단어이다. 꿈은 (능동적으로) 꾸는 것이 아니고 (피동적으로) '꾸어지는' 것이다. 우리는 우리가 꾸는 꿈의 주체가 아니다. 엄밀히 말해 우리는 '나는 지난밤 이러저러한 꿈을 꿨다'라고 말할 수 없다. 꿈속의 서사나 꿈속의 인물들을 기획한 것이 '나'가 아니기 때문이다. 우리는 그(것)들이 어디서 오는지 왜 오는지 모른다. 그렇다고 그(것)들이 오는 것을 막을 수도 없다. 꿈속에서 만나는 인물들이나 그 인물들에 의해 만들어지는 에피소드들은 우리가 통제할 수 없는 것들이다. 그(것)들이 올 때 우리는 그저 속수무책으로 맞이할 뿐이다. 그것 말고는 달리 방법이 없다. 우리는 철저하게 무력하다.

　우리가 꾸는 꿈이 그러하다면, 꾸는 것이 아니라 꾸어지는 것이고, 무방비 상태로 받아들일 수밖에 없는 어떤 것, 주체적 행위가 아니라 우연적 현상에 불과하다면, 이런 질문이 따라붙는 것은 당연하다. 꿈꾸기를 일이라고 할 수 있을까. 일은 현상이 아니라 행위에 붙는 말이 아닌가.

　그러니까 보르헤스의 소설 속 이 인물이 꿈꾸는 일을 했다는 진술은 부정확하지 않은가. 꿈꾸기가 그 사람의 유일한 일이었다고 말하는 것이 가능한가. 가능하려면, 폐허가 된 신전에 자기 자리를 잡고서 꿈꾸는 것을 자기 일로 삼은 이 사람이 우연적 현상으로서의 꿈을 그저 받아들이는 사람이 아니라 실제로 꿈을, '주체가 되어' 꾸는 행위를 하는 사람이어야 할 것이다. 그리고 정말로 그렇다. 그는 잠 속으로 찾아오는 미지의 꿈을 속수무책으로 받아들이는 것이 아니라 자기가 기획하고 의도한 것을 현실화하기 위해 꿈속에서 필사적으로 노력한다. 말의 뜻 그대로 그는 '꿈을 꾼다.' 꿈을 꾸는 행위를 한다. 꿈 꾸기는 그의 치열한 행동이고 엄숙한 노동이다. 그의 일이다. 그가 꿈-일을 통해 이루고자 하는 것이 무엇인지 알고 있다. 그것은 한 사람을 꿈꿔 현실 속에 내놓는 것이다.

"그는 한 인간을 꿈꾸고 싶었다. 그는 세심한 완벽함을 가지고 그를 꿈꿔 현실 속에 내놓고 싶었다."

잠에서 깨고 나면 사라져버리는 허구의 인물이 아니라 생명을 가진 진짜 사람을 탄생시켜 현실세계 속으로 내보내는 것이 그가 꿈을 통해 하고자 하는 일이었다. 말하자면 육체를 가진 진짜 인간의 탄생. 그래서 그의 꿈꾸기는, 농사를 짓고 고기를 잡고 냉장고를 만드는 일이 아님에도 불구하고, 그런 일 못지않게, 어쩌면 그런 일보다 훨씬 중요한 일이 된다. 실용주의자들 눈에는 무용한 것으로 보이지만, 이 꿈꾸기를 통해 이제까지 세상에 없었던 진짜 생명체가 탄생하니까. 있던 것들의 단순 반복에 대응하는 새로움의 출현, 생산에 대응하는 창조. 이 일이 만만할 수 없다. 그러니까 필사적일 수밖에. 그러니까 치열할 수밖에. 이 마술적 계획이 그의 영혼 전체를 탈진시켜놓았다고 보르헤스는 쓴다. 왜 그렇지 않겠는가.

이 꿈꾸는 자가 원한 것은 한 '사람'을 꿈꿔 꿈 밖의 세상에
내보내는 것이다. 그의 꿈꾸기는 공상의 작업이 아니라 생명
을 출산하는 과정이다. 그는 꿈꾸는 것 말고는 하는 것이 없지
만 그 유일한 일을 통해 위대해진다. 그는 꿈꾸는 일 말고는
할 수 있는 일이 없어 꿈꾸지만, 꿈을 꿈으로써 숭고해진다.
많은 일을 한 사람이 숭고한 것이 아니라 위대한 일을 한 사람
이 숭고하다. 큰일을 한 사람이 위대한 것이 아니라 숭고한 일
을 한 사람이 위대하다. 창조야말로 위대한 일이고, 그러니까
이 사람은 숭고하다. 창조야말로 숭고한 일이고, 그러니까 이
사람은 위대하다. 그의 꿈꾸기의 결실인 생명이 그의 위대함
과 숭고함을 증언한다.

모든 새로운 것은 꿈꾸는 자들에 의해 세상에 나타났다. 자
동차와 텔레비전은, 자동차와 텔레비전이 있기 전에 누군가의
꿈속에 있었다. 약자를 보호하고 이웃을 자기 몸처럼 사랑하
는 사상이 누군가의 꿈속에 있었다. 그 꿈이 없었다면 우리는
자동차도 텔레비전도 없이, 약자와 이웃에 대한 배려 없이 약
육강식의 본능대로 살고 있을 것이다. 우리가 지금 누리는 많
은 것이 누군가 꿈꿔서 내놓은 것들이다. 지금 누군가 꿈꾸고

있는 것을 미래의 사람들이 누릴 것이다. 당장 써먹을 수 없다고 꿈꾸기를 포기하면 새로운 세상을 살 수 없다. 당장 써먹을 수 있는 것을 생산하는 데에만 가치를 두면 미래는 오지 않는다. 현재와 다르지 않은 미래를 미래라고 할 수 없다. 미래는 누군가의 꿈속에서 꾸어지는 것이다.

소설가가 소설을 쓰는 것은 그때까지 이 세상에 없던 것을 있게 하는 것이다. 예컨대 한 인물, 한 세계가 태어난다. 이것은 간단한 일이 아니다. 카프카는 그레고르 잠자와 요제프 K를 탄생시켰다. 「변신」과 『소송』의 세계를 세상에 내보냈다. 알베르 카뮈는 뫼르소와 『이방인』을, 도스토옙스키는 라스콜니코프와 『죄와 벌』을 세상에 내보냈다. 그들과 그들이 제시하는 사상과 그들이 보여주는 세계는 얼마나 생생하고 사실적이고 압도적인가. 어떤 인물이 그들보다 실제적이고, 어떤 세계가 그들에 의해 구성된 세계만큼 사실적이고 압도적일 수 있는가. 그들과 그들의 세계를 허구라고, 실체가 없다고, 그저 책 속에 있는 환영에 불과하다고 낮춰볼 수 있는가. 이 인물들과 이 사상들과 이 세계들이 그냥 태어났겠는가. 그럴 리 없다. 보르헤스의 소설 속 꿈꾸는 사람이 그런 것처럼, 우리가 아는 훌륭한 작가들은 생명을 가진 참 인간과 사상, 의미 있는 세계를 창조해서 이 세상에 내놓기 위해 필사적으로, 오직 그것만이 그가 알고 있고 할 수 있는 유일한 일인 것처럼 혼신의 힘을 다했을 것이다. 꿈꾸는 것은 그가 필사적으로 해야 할 그의 일, 과업, 소명Beruf이다.

3

혼신의 힘을 다한 노력과 수차례 반복된 실패와 거듭된 시도 끝에 마침내 이 꿈꾸는 남자는 자기가 그렇게 원하던 그일, 한 사람을 꿈꿔서 세상에 내보내는 일에 성공한다. 이 성공은 그의 성공이다. 그는 간절히 원했고 필사적으로 노력했고 오랜 시간 여러 차례의 시행착오를 거치며 수고했다. 그러나 이 성공은 그의 성공이 아니다. 그는 간절히 원했고 필사적으로 노력했고 이런저런 시도를 했지만, 했음에도 성공하지 못했다. 그는 자기가 할 수 있는 모든 일을 다했지만 마지막 순간에 번번이 실패했다. 스스로의 힘으로는 사람을 '꿈 밖으로' 태어나게 할 수 없었다.

그래서 그는 신의 힘을 빌려야 했다. "땅과 강의 신들에게 탄원을 끝낸 그는 호랑이이기도 하고 말이기도 한 그 석상의 발치에 무릎을 꿇었고, 그 미지의 신에게 도움을 청했다." 그러자 불의 신이 그가 꿈꾸고 있는 형상에 생기를 불어넣었다.

생명은 (꿈꾸는) 사람의 수고만으로 탄생하지 않았다. 사람의 수고가 있어야 한다. 그러나 그것만으로 충분하지 않다. 흙으로 모양을 빚는다고 인간이 되지 않는다. 다른 차원이 가세해야 한다. 흙으로 빚어진 형상에 생기를 불어넣자 비로소 사람이 되었다고 창세기는 말한다.

꿈을 통해 생명을 탄생시키는 작업에 불의 신의 생기가 필요했다. 창작에는 영감이 필요하다. 그런데 영감의 시간은, 보르헤스의 이 소설에 의지해서 유추하자면, 광범위하게 유포된 상식적인 인식과는 달리 처음이 아니라 나중이다. 보르헤스의 이 소설은 초월자인 신의, 외부로부터의 도움이 창작자의 부단하고 필사적인 노력과 시도 다음에 왔다고 말한다. 작품을 시작하게 하는 것이 아니라 완성하게 하는 것이 영감이라는 뜻이 아닌가. 영감은 창작의 실마리가 아니라 매듭이다. 고민하고 애쓰며 시행착오를 거듭하는 창작자의 작업실로 찾아와 한 세계를 완성하게 하는 것이 영감이다. 용 그림의 눈동자는 마지막에 찍힌다. 신은 흙으로 만들어진 형상에 생기를 불어넣는다. 그 역은 아니다. 창작자의 고민과 수고의 산물인 흙의 형상이 있어야 신은 생기를 불어넣을 수 있다. 영감에 의지해서 자동적으로 글을 쓰는 것이 아니라 글을 쓰는 작가의 지난한 수고의 과정 속으로 영감이, 은총처럼 임한다.

영감이란 약삭빠른 작가들이 예술적으로 추앙받기 위해 하는 나쁜 말이라고 꼬집은 사람은 움베르토 에코이다. 그는 프랑스 낭만파 시인 라마르틴의 예를 들어 이 문장의 뜻을 설명했다. 라마르틴은 어느 날 숲길을 거닐고 있을 때 한 편의 시가 완성된 형태로 섬광처럼 떠올랐다고 말했다. 그 시를 그대로 옮겨 적기만 했다고, 자기는 전혀 손대지 않았다고 말했다. 그런데 그가 죽은 후 그의 서재에서 수없이 고쳐쓴 방대한 분량의 원고 뭉치가 발견되었다. 작가는 만들어지는 것이 아니라 태어나는 것이라는 관념, 인간의 선택이 아니라 신의 선택, 개인의 노력이 아니라 신의 영감에 의해 위대한 작가와 작품이 탄생한다는 낭만적인 관념이 지배하던 시대의 웃지 못할 에피소드라고 해야 할 것이다.

영감이 창작자의 의지나 수고와 상관없이 일방적으로 임하는 신적 자동기술이 아니라는 말은, 위에서 아래로 수직적으로 하강하는 계시가 아니라는 뜻이다. 흔히 떠올리는 상투적인 이미지와는 달리 압도적으로 '하강하는' 신적 권능이 아니라 창작자 개인의 노고와 인내의 심연에서 '불러일으켜지는' 어떤 기운이다. 우연한 강림이 아니라 필연적인 끌어올림이다. 신은 아무것도 하지 않는 인간의 잠 속으로 그냥 이유 없이 들어오는 것이 아니라 애쓰고 분투하는 창작자의 꿈속으로 필연적인 목적을 가지고 들어온다. 들어와서 그 수고로부터 무언가를 끌어올린다. 불러일으킨다.

보르헤스는, 성경만이 아니라 모든 위대한 작품은 성령이 쓴 것이라고, 버나드 쇼를 인용해서 말했다. "한번은 어떤 사람이 버나드 쇼에게 성령이 '성서'를 썼다는 사실을 믿느냐고 물었다. 그러자 그는 이렇게 대답했다. '다시 읽어볼 만한 가치가 있는 책은 모두 성령이 쓴 것입니다.' 다시 말해서 책이란 저자의 의도를 넘어서지 않으면 안 된다는 말이다. (……) 책에는 그 이상의 무언가가 담겨져 있어야 한다."(『말하는 보르헤스』) 이 말을 받아들이기 위해서는 영감에 대한 이런 이해가 전제되어야 한다. 신이 마지막에 불어넣은 입김 없이 위대한 작품이 태어날 수 없다. 이사야와 다윗과 마태와 바울, 이 인간 저자들에 의해 쓰인 각기 다른 책들이 어떻게 성경, 하나님의 책으로 불릴 수 있는가. 비유적으로 말하자면, 참된 생명을 탄생시켜 세상 속으로 내보내기 위해 애쓰고 분투하는 이

사야와 다윗과 마태와 바울의 필사적인 꿈속으로 성령이 들어오지 않았겠는가. 그들의 수고로 만든 작품에 성령이 생기를 불어넣지 않았겠는가.

'모든 위대한 책은 성령이 쓴 것이다.' 위대한 책은 신의 입김 없이 완성되지 않는다. 그런데 그 신은 작가의 열정과 노고가 없는 곳에서는 아무 일도 하지 않는다.

영감에 대한 미신에서 벗어날 것. 영감을 부정하지도 말고 숭배하지도 말 것. 왜곡이나 악용은 더욱 삼갈 것. 모독하지 말 것. 다만 필사적으로 '꿈꿀' 것. 영감 같은 것은 있지 않다는 듯, 그러니 바라지 않는다는 듯 필사적으로 애쓰고, 애쓰면서 기다릴 것. 기다리면서 초대할 것. 애씀이 초대의 방법이라는 사실을 알 것. 그조차 알지 말 것. 행여라도 영감이 자신의 노력에 대한 당연한 보상이라고 생각하지 말 것. 은총일 뿐이라는 사실을 기억할 것.

4

아주 중요한 이야기가 남아 있다. 어느 날 우리의 주인공은

'북쪽 신전'에 살고 있다는 어떤 사람에 대한 이야기를 듣는다. 불속을 걸어도 타지 않는다는 초인적인 어떤 사람에 대한 이야기를 듣자마자 그는 그 사람이 자기가 꿈을 꾸어 세상에 내보낸 아들이라는 사실을 금방 알아차린다. 왜냐하면 불의 신의 도움을 받아 태어난 그 아들은 불에 타지 않는다고 했기 때문이다. "그는 문득 신의 말을 떠올렸다. 그는 우주를 구성하고 있는 모든 존재들 중 단지 '불'만이 자신의 아들이 환영이라는 것을 알고 있을 뿐이라는 사실을 상기했다." 그는 자신의 아들이 단순히 환영에 불과하다는 사실을 알고 충격을 받으면 어쩌나 고민한다.

우리는 놀라지 않는다. 우리는 고민하지 않는다. 우리는 그가 불의 신의 도움을 받아 태어났고, 그러므로 불에 타지 않는다는 것을 들어서 알고 있기 때문이다. 그러나 우리가 듣지 못한 것이 있다. 그것은 아들에 대한 것이 아니라 아들을 탄생시킨 그 사람에 대한 것이다.

이번에는 그의 거처에 불이 났다. 그러지 않아도 폐허였던 신전이 불에 의해 완전히 붕괴되어간다. 불길은 벽들을 집어삼키며 활활 타오른다. 처음에 그는 살기 위해 강으로 뛰어들까 생각한다. 그러다가 곧 마음을 바꾼다. 불길이 자신을 이 힘든 삶에서 해방시켜줄 거라고. 자신의 노년을 영화롭게 만들어줄 거라고 생각한다. 그래서 불을 향해 걸어간다. 그러나 신전을 무너뜨린 불은 그를 태우지 않는다. 그는 불 가운데서 무사했다. "불길은 그를 할퀴고 그를 집어삼켰지만 그는 불의 열기를 느끼지도 못했고, 타지도 않았다." 그 순간, 마침내 깨달음이 찾아온다. 그 역시, 그가 탄생시킨 그의 아들과 마찬가지로, 누군가가 꿈꾸어 태어난 환영이라는 것. 그 역시 불의 신의 도움을 받아 누군가의 꿈에 의해 태어났기 때문에 불에 타지 않는다는 것. 안도와 치욕과 두려움이 깨달음과 같이한다.

누군가를 꿈꾸는 자는 누군가가 꿈꾼 자이다. 누군가가 꿈꾼 자가 누군가를 꿈꾼다. 작가는 어디서 태어나는가, 라는 질문에 대한 보르헤스의 답은 이렇다. 위대한 다른 작가의 작품 속에서 작가가 태어난다. 작가가 작가를 태어나게 한다. 책은 아직 태어나지 않은 책들의 자궁이다. 책은 책에서 나온다. 작가는 독자적이고 개별적인 실체가 아니라 그가 읽은 놀라운 책들의, 우리가 형언할 수 없는 신비스러운 작용에 의해 이루어진 환영이다. 위대한 작가와 그 작품의 품(즉, 꿈)속에서 창조된 정신적 존재이다. 어머니의 자궁에서 나올 때 작가로 살도록 운명이 정해지는 것이 아니라(비록 문학적 재능을 가지고 태어난다고 하더라도) 강렬하고 위대한 독서 경험의 영향 아래서 힘들게 빚어져 작가가 되는 것이다.

위대한 책, 보르헤스의 정의를 따라 말하자면 성령이 쓴 책, 혹은 그런 책을 쓴 작가의 불멸에 대한 은유를 읽는다. 불의 힘을 빌려 태어났기 때문에 이 사람은 불에 타지 않았다. 신전에 불이 났을 때 이 꿈꾸는 사람은 처음에는 물속으로 뛰어들어 살려고 하다가, 살 만큼 살았으니 그냥 불에 타 죽어도 좋겠다고 생각한다. 그래서 피하지 않는다. 그는 불에 타 죽으려고 한다. 그러나 불은 그를 태우지 않고 그는 죽지 않는다. 그는 죽으려고 하지만 죽지 못한다. 죽으려고 하지만 죽을 수 없다. 죽을 수 없는 것이 그의 운명이 된다. 위대한 작가들의 이름은 그 작가들의 책을 읽은 사람들, 읽고 쓴 사람들, 즉 그 작가들의 꿈에서 태어난 사람들에 의해 유전된다. 사라지지 않는다. 불멸한다. 복음서의 예수가 믿는 이들에게 약속한 말과 같이 '영원히 죽지 않고 죽어도 죽지 않는다.'

왜 예수는 그렇게 말했을까. 믿는 자는 어떻게 영원히 죽지 않고, 죽어도 죽지 않고 살 수 있을까. 우리의 문맥을 따라 풀어서 말하자면, 환영일 때 가능하다. 다른 존재, 신의 도움을 받아 태어난 생명일 때 가능하다. 믿는 자는 신에 의해 태어난

자, 곧 신에 의해 꿈꾸어진 자이다. 꿈꾸는 자가 아니라 꿈속에 있던 자, 꿈속에서 신의 생기를 받아 태어난 자가 믿는 자이다.

이 태어남은 다시 태어남이고, 종교적 용어로 '거듭남'이다. '거듭나다'라는 단어의 원뜻은 '위로부터 태어나다'이다. 이 두 번째 태어남은 그러니까 육肉이 아니라 영靈에 의한 태어남이다. 위대한 작가들이 불멸하는 비밀이 여기 있다. 그는 부모로부터 피와 살을 받은 육체적 존재가 아니라 꿈꾸는 자의 꿈속에서 불의 신의 생기를 받아 '위로부터' 태어난 환영인 것이다.

향수鄕愁와 추구, 혹은 무지와 미지

1

살던 곳을 떠나 낯선 곳을 떠도는 인물, 가령 장기 출장을 가거나 발령을 받은 사람들의 삶에 대해 생각한다. 출장이나 발령은 대개 그들의 의지와 상관없고, 갑작스럽게 닥치고, 거부할 수 없다. 선택할 수 없는 것은 거부할 수도 없다. 그것이 삶의 경험을 통해 우리가 배운 교훈이다.

출장지/발령지에서의 삶은 임시적이다. 떠났으나 이르지 못했고, 이르렀으나 받아들여지지 않은 것이 이들의 처지다. 임시는 정해져 있지 않은 시간을 이른다. 여기서 기간은 중요한 요소가 아니다. 임시는 잠시와 동일시될 수 없다. 임시와 잠시는 같은 시간이 아니다. 한곳에 오래 살아도, 심지어 시민권을 받은 후에도 외부인 취급을 받는 것이 현실이다. 정착민의 안정은 유보되고 여행객의 자유는 압류된다. 임시 거처. 유배지거나 광야거나. 어느 쪽이든 정착이 보장되지 않는다는 점에서 같다.

자기 집을 갖지 못한 사람에 대한 소설을 여러 편 썼다. 집을 가지고 있으나 집을 가지고 있지 않은 것과 처지가 크게 다르지 않은 인물들도 여러 명이다. 이를테면 자기 집인데도 이해할 수 없는 이유로 들어가지 못하거나 타인(가깝거나 먼)에 의해 집이 훼손되는 일을 당한다. 내 소설의 인물들은 안타깝게도 정착과 안정에 이르지 못한다. 대부분 임시적 삶을 산다.

집의 상태는 그 사람의 신분을 비유한다. 다른 사람의 땅에 지어진 집은 임시적이다. 다른 사람의 땅에 집을 짓고 사는 사람의 삶은 불안정하다. 집이 흔들리는 것은 땅이 견고하지 않기 때문이 아니다. 그 집이 자기 땅이 아닌 곳에 세워져 있기 때문이다.

상황이 압도적일 때 개인의 자발성은 최소화되고 삶은 살아내야 하는 것, 의무가 된다. 선택의 여지가 없는 상황에 몰린 사람에게 주어진 선택의 자유는 부도수표와 같다. 강요된 자유보다 자유에 반하는 것은 없다. 자유의 행사가 차단된 상황에서 허락된 자유보다 기만적인 것은 없다. 이 경우 취할 수 있는 유일하게 가능한 길은, 아마도 유예일 것이다. 집 짓는 것을, 강요된 자유를 받아들이는 것을 미루는 것. 미루며 불안정한 채로 사는 것. 이것이 어떻게 가능할까. 정착지가 아님에도 불구하고 살아야 하는 사람은, 정착민의 안정도 여행자의 자유도 없이 살아내야 하는 사람은 어떻게 사는 것일까.

향수는 떠나왔기 때문에 생긴다. 떠나왔으나 아직 이르지 않은 사람에게 나타난다. 떠나지 않았다면 돌아볼 시간도, 귀환할 곳도 없으므로 생기지 않고, 정착했다면 돌아보지 않아도, 귀환하지 않아도 되므로 발생하지 않을 것이다. 오래 살던 이집트를 떠난 이스라엘 사람들은 광야에서 이집트를 그리워하면서 '이집트에 있을 때는 우리가 참 좋았었는데' 하며 울었다.(민수기 11) 그들은 살던 곳(이집트)을 떠났으나 살 곳(가나안)에는 이르지 못했다. 그들의 향수를 자극한 것은 무엇보다 음식이었다. 입맛만큼 강렬한 매개체가 있을까. 향수는 떠났으나 아직 이르지 못한 자, 이르지 못해 떠도는 자를 찾아온다. 혹은 이렇게 바꿔 말할 수도 있다. 떠났으나 아직 이르지 못한 자, 떠도는 자는 그 불완전한 존재의 상태를 견디기 위해 향수를 불러오고 향수에 매달린다. 향수에 의지해서 산다.

향수는 돌아가려는 마음이다. 떠나온 곳에 대한 그리움인 향수는 동시에 떠나온 시간을 향한 그리움이기도 하다. 떠나온 곳(과거)이 돌아갈, 돌아가려는 곳(미래)이 된다. 돌아갈, 돌아가려는 곳은 떠나왔던 곳이다. 새로운 장소가 아니다. 그의 미래는 과거에 있다. 새로운 시간이 아니다. 떠나왔던 곳, 과거의 시간을 단순히 추억하거나 복원하려는 것이 아니다. 떠나왔던 곳/시간으로 가서 자신의 삶을 살려고 하는 것이다.

2

오디세우스는 향수병에 걸린 사람이다. 오디세우스의 모험을 기록한 서사시로 알려진 『오디세이아』는 전쟁 영웅의 무용담이 아니라 향수병에 걸린 한 남자가 고향인 이타카로 돌아가는 과정에서 겪는 에피소드들로 가득차 있다. 이 남자를 사로잡은 것은 모험이 아니라 향수이다. 향수가 모험이 된다. 고향에 대한 그리움은 있었던 곳으로 돌아가려는 만물의 성질,

즉 탄성과 다르지 않다. 그러니까 이것이 모험이라면, 탄성의 사주를 받은 모험, 어쩔 수 없이 내몰려 수용한, 수용하지 않을 수 없어 수용하고 만 모험일 것이다.

용수철을 누르고 있으면 손바닥에 저항이 느껴진다. 있었던 상태로 돌아가려는 탄성 때문이다. 향수를 병으로 진단한 최초의 사람인 요하네스 호퍼는 이때 발생하는 스트레스에 주목했던 것 같다. 그는 산속에 주둔한 스위스 용병들의 고향에 대한 그리움을 설명하기 위해 노스탤지어nostalgia라는 단어를 만들어냈다. 이 단어는 귀환return을 뜻하는 그리스어 nostos와 고통pain을 뜻하는 algos가 합쳐진 것이다. 이 작명에 향수=질병이라는 인식이 스며 있다. 향수는 향수병이다. 「향수병에 대한 의학적 논의」라는 논문에서 그는 이 '질병'의 증상으로 의기소침, 우울증, 과도한 눈물, 식욕감퇴 등을 열거했고, 드물게는 자살하는 경우도 있다고 보고했다. 이 단어에 대한 오늘날의 쓰임새와는 제법 다른데, 초기에는 의학적 현상(질병)으로 인식되었다는 것이 객관적 사실이다.

떠나온 사람이 떠나온 곳(혹은 시간)으로 돌아가려는 강렬한 열망인 향수병에 대한 인상적인 예문이 밀란 쿤데라의 책에 나온다. 그는 체코어로 표현된 가장 감동적인 사랑의 문장이 "나는 너에 대한 '향수stesk'를 갖고 있다"라고 소개한다. 체코어 stesk는 노스탤지어로 인한 고통을 가리킨다고 설명된다. 그래서 저 예문의 뜻은 '나는 너의 부재로 인한 고통을 견딜 수 없다'가 된다.(『향수』)

덧붙은 밀란 쿤데라의 친절한 설명에 의하면, 향수를 뜻하는 스페인어 '아뇨란자añoranza'는 라틴어 ignorare(무지하다)에서 파생된 카탈로니아어 enyorar에서 유래했다. 즉, 어원상으로 향수가 '무지의 상태에서 비롯된 고통'이라는 주장이다. 우리에게 '향수'로 소개된 밀란 쿤데라의 소설 원제목이 'L'ignorance'라는 사실은 이 점에서 꽤 의미심장하다. 이 프랑스어 단어에 '향수'라는 뜻은 없다. 프랑스인들은 'nostalgia' 외에 향수를 뜻하는 다른 단어를 가지고 있지 않은 것 같다. ignorance는 '무지'이지 '향수'가 아니다. 향수는 'nostalgia' 이지 'ignorance'가 아니다. 그러니까 밀란 쿤데라의 이 책은 향수에 대한 소설이 아니라 무지에 대한 소설이다. 향수병의 원인이 무지에 있음을 주장하는 소설이라고 해야 할까.

'나는 너의 부재로 인한 고통을 견딜 수 없다.'

누군가의 부재가 왜 고통이 되는가. 부재가 곧 무지의 상황을 초래하기 때문이다. 없는 것/사람에 대해 우리는 알지 못한다. 한때 있었다가 없어진 것/사람은 지금 어떠한지 알지 못하고, 그래서 고통스럽다. 연인들은 곁에 없는 연인이, 심지어 조금 전에 헤어졌어도, 지금 무얼 하는지, 누구와 있는지, 어떤 생각을 하는지 모르기 때문에 의심하고 불안해한다. 이 의심과 불안은 고통을 만들고, 이 고통이 보고 싶다, 그립다, 라는 말로, 기만적인 순화의 과정을 거쳐, 표현된다.

쿤데라의 소설 『향수』의 중요 인물은 1969년에 공산화된 조국을 떠났다가 이십 년 만에 고향인 체코로 돌아간 이레나이다. 프랑스에 살던 그녀는 1989년의 벨벳혁명으로 그의 조국이 민주화되자 체코를 방문한다. 그러나 오랜만에 돌아간 고향은 그녀를 환영하지 않는다. 이레나의 친구들은 프랑스에서의 그녀의 삶에 대해 아무 질문도 하지 않고 말할 기회도 주지 않는다. 그저 오래전, 어릴 때 체코에서 같이 겪은 일들만을 되풀이해서 물으며 그녀가 기억하고 있는지 확인하려고 할 뿐이다. "그녀가 외국에서 무얼 했는지에 대해 철저하게 무관심한 태도를 보임으로써 이 여자들(친구들)은 그녀에게서 이십 년간의 (체코 밖에서의) 삶을 잘라내었다." 이 태도에 대해 밀란 쿤데라는, 그들이 마치 그녀의 팔뚝을 잘라 손을 막바로 팔꿈치에 갖다붙이려는 듯 그녀의 과거와 현재를 꿰매려 한다고 서술한다. 이레나는 친구들이 모르는 자기의 삶에 대해 말할 기회를 갖지 못하고, 그녀의 기억에서 사라진 '그때'의 일들에 대해 기억할 것만을 강요받는다.

그녀의 친구들이 그녀가 그들을 위해 구입한 보르도산 포도주를 거들떠보지 않고 맥주를 마시는 장면은 꽤 상징적이다. 프랑스 와인과 체코 맥주의 이 우연한 대립은 흥미롭지만, 밀란 쿤데라에게 체코 맥주 맛이 훌륭하다는 말을 하려는 의도가, 설령 그것이 사실이라고 해도, 있지는 않았을 것이다. 그녀의 친구들은 맥주를 마시며 와자지껄 떠듦으로써 그녀의 포도주, 그녀의 파리에서의 이십 년간의 삶을 제거해버린다. 이 소설의 또다른 귀환자인 조제프 역시 이레나와 유사한 경험을 한다. 그들이 돌아간 고향은 그들이 알던 고향이 아니었다.

3

앎은 이해의 조건이고 장악의 수단이다. 우리의 반응은 이해의 정도와 범위를 넘어설 수 없다. 지식은 판단의 근거를 제공하기 때문에 중요하다. 판단하는 자는 우선 아는 자이다. 알지 않고 판단하는 것은 불가능하다.(이런 불가능한 일을 자행하는 이들이 없지는 않다. 그런 사람들은 다른 것에 근거해서 판단하기 때문에 위험하다. 예를 들면 맹목적 신념.)

장악掌握은 손안에 움켜쥔 상태를 이른다. 우리는 우리를 파악한 사람, 우리(의 비밀)를 아는 사람에게 장악당한다. 앎을 통해 판단의 근거를 확보했다는 생각이 그 판단에 정당성을 부여해준다. '지식은 사람을 교만하게 한다'고 바울은 말한다.(고린도전서 8:1) 이것은 무조건적 환대의 불가능성에 대해 말하는 데리다의 문장을 떠올리게 한다. 알지 못할 때 행하던 친절을 알고 난 후에 거둬들이고 함부로 대하는 일은 흔하다. 모를 때 행하던 환대를 알고 나면 할 수 없게 된다. 다말을 사랑해서 열병에 걸렸던 암논은 욕구를 채우자마자 돌변하여 그녀를 쫓아낸다. '이제 미워하는 마음이 기왕에 사랑하던 사랑보다 더하였다.'(사무엘하 13:15) 장악했(다고 생각하)기 때문이다. 알(았다고 생각하)기 때문이다. 더 알 필요가 없(다고 생각하)기 때문이다. '알다'를 뜻하는 히브리어 단어 '야다'는 성적으로 관계를 맺는 것과 관련이 있다. "나는 남자를 알지 못하는데, 어떻게 이런 일이 있겠습니까?"라는 마리아의 질문이나 "이것 보게, 나에게 남자를 알지 못하는 두 딸이 있네"라는 롯의 말에 이 단어가 사용되었다. 아는 사람은 알려고 하지 않는다. 알려고 하는 열망이 사라진다. 더이상 그리워하지 않는다. 함부로 하려는 유혹에 빠진다.

'지식은 사람을 교만하게 한다'는 바울의 문장 다음에 자기가 "무엇을 안다고 생각하는 사람은 마땅히 알아야 할 것을 모르는 사람"이라는 문장이 이어진다. 아는 사람, 안다고 생각하는 사람이 모르고 있는 것, 마땅히 알아야 함에도 알지 못하고 있는 것은 무엇일까? 아마도 '모르는 부분이 남겨져 있어야 한다는 사실'일 것이다. 모르는 부분을 남겨두어야 한다. 모르는 부분이 없이 다 아는 것이 문제라는 사실을 마땅히 알아야 한다! 자기가 무엇을 안다고 생각하는 사람은 이것을, 마땅히 알아야 함에도 모른다.

대상이 누구든, 혹은 무엇이든 모르는 것이 없어지는 순간 그리움이 사라진다. 교만은 그리움이 사라진 사람의 상태이다. 고향이든 사람이든, 모르는 것이 없다고 생각하는 사람은 더이상 그리워하지 않는다. 향수에 시달리지 않는다. 고향에 돌아온 사람은 고향에 돌아가려는 열망으로부터 자유로워진다. 향수가 해소된다.

그리워하는 상태가 해소되면 더이상 그리워할 수 없다. 더

이상 그리워할 수 없게 되면 그리워할 때의 반응인 설렘은 의심과 불안, 고통과 함께 사라진다. 설렘이 의심과 불안, 고통을 데리고 사라진다. 그 순간 설렘이 의심과 불안과 고통과 다른 것이 아니었음을, 설렘이 의심과 불안과 고통으로 이루어져 있었음을 깨닫고, 잠시 안도한다. 울퉁불퉁한 감정에서 해방된다. 평평해진다. 정착한다. 멈춘다. 더 알(아야 할) 것이 없기 때문에 멈춘다. 마땅히 알아야 할 것이 있다는 걸 모른 채, 모르니까 멈춘다. 멈춘 사람은 더 가지 않기로 한 사람이다. 지식을 손에 쥔 사람이다. 교만은 멈춤의 다른 말이다. 더 가야 하는 사람, 더 가야 해서 멈추지 못한 사람은 교만할 수 없다.

그런데 그리워하지 않는, 않아도 되는 상태는 그리워하는 사람이 바라는 바일까? 그리워하는 사람은 그리워하지 않기를 진정으로 바라는 것일까? 그런 것 같지 않다. 그리움은 배고픔과 같지 않다. 배고픔은 해소되기를 바라고, 해소되면 그만이다. 배고픔의 해소 이후는 없다. 그리움 역시 해소되기를 바라지만, 해소되는 것이 마지막은 아니다. 그리움의 해소 이후에 그리움이 있다. 그리움은 그리움이 해소된 뒤에도 그리움의 상태가 유지되기를 바란다. 그리움은 계속 그리워하기 위해 알지 못하는 상태를 유지하려고 한다. 멈추지 않으려고 한다.

울퉁불퉁한 감정에서 놓여난 안도감이 잠시인 것은 그래서이다.

알지 못하는 영역을 남겨두어야 한다. 설렘을 유지해야 한다. 그러기 위해 모르는 사람으로 있어야 한다. 무지의 영역을 새롭게 발견해야 한다. 고향을 그리워하면서 고향에 이르지 말아야 한다. 고향에 이르렀더라도 완전히 정착하지는 말아야 한다. 알겠다. 오디세우스의 귀향이 왜 그렇게 험난했는지. 그의 귀향이 왜 모험이라고 불리는지.

4

바닷가 마을에서 어린 시절을 보냈다. 집은 바다와 붙어 있었다. 바다와 집을 나누는 것은 바다에서 주워 쌓은 돌덩이들이었다. 그것을 담이라고 할 수 있을까. 돌덩이들은 머리통만한 것부터 주먹만한 것까지 다양했다. 파도가 그 돌덩이들을 만지고 핥고 돌덩이들 틈으로 스몄다. 마당으로 넘어 들어오기도 했다. 그럴 때 파도는 장대높이뛰기를 하는 선수처럼 날렵하고 경쾌했다. 그리고 무서웠다. 바람이 심하게 불면 쌓인 돌들이 허물어졌다. 그러면 다시 바다로 나가 머리통만하거나 주먹만한 돌덩이들을 주워 쌓았다. 그런 일이 잦았다.

마당을 나가면 곧바로 바다였다. 크고 멀고 아득한 벌판과
도 같은 바다. 바다와 마당 사이에는 아무것도 없었다. 눈이
닿는 곳에 출렁이는 물이 있었다. 물 말고는 없었다. 물은 바
람에 따라 크게 꿈틀거리거나 조그맣게 흐느적거렸다. 햇살을
받아 톡톡 튀어오르거나 우울하게 침묵했다. 속을 알 수 없는
거대한 생물 같았다. 어떨 땐 삼키려고 덤빌 것 같았고, 어떨
땐 등에 태우고 모르는 곳으로 데리고 갈 것 같았다.

바다 앞에 서서 바다를 오래 응시하며 서 있는 소년에 대한
기억이 있다. 소년이 본 것은 무엇이었을까. 바다였을까? 출렁
이는 물, 꿈틀거리거나 흐느적거리는, 삼키려고 덤비거나 등
에 태우고 모르는 곳으로 데리고 갈 것 같은 물, 크고 멀고 아
득한 눈앞의 물이었을까? 꼭 그랬던 것 같지 않다. 내 기억은
바다가 허공과 같았다고 떠올린다. 내 기억은 내 눈이 그 허공
너머를 보고 있었다고 말하고 싶어한다. 바다는 거기 없는 것
을 보게 하려고 거기 있었던 거라고 말하고 싶어한다.

태풍이 오면 파도는 담을 넘고 마당을 건너고 마루를 지나
방문을 두드렸다. 태평양을 건너온 거대한 파도에 의해 그 허
술한 돌담은 무너지고 마당은 파이고 문에 바른 창호지는 젖

었다. 태풍이 지나간 후의 바다는 고요하고 스산하고 말끔했다. 공기는 낯선데 하늘은 멀쩡해서 수상했다. 파도에 휩쓸린 모래들은 이제까지 본 적 없는 형태의 무늬를 만들어 해안의 지형과 색조를 바꿨다. 가지가지 해초들과 나무판자, 플라스틱 쪼가리, 신발, 그릇, 처음 보는 문자가 적힌 비닐 포장지들이 가득한 해안은 어지럽고 산만했다. 어디에 쓰는지, 어디서 왔는지 추측할 수 있는 것도 있었지만 그렇지 않은 것이 더 많았다. 창조 전 세상의 '혼돈과 공허'를 연상하게 하는 풍경이 눈앞에 펼쳐졌다. 갑자기 다른 세상이 나타난 것 같았다. 갑자기 다른 세상으로 옮겨온 것 같았다. 어디서 왔는지 알 수 없는, 처음 보는 신기한 물건들 가운데 박처럼 생긴 크고 단단한 열매도 있었다. 그 신기한 것을 주워서 가지고 놀았다. 발로 차면 발이 아파서 손으로 굴리며 놀았다. 나중에 그것이 바다를 건너온 코코넛 열매라는 걸 알았다. 코코넛 열매가 태평양을 건너 한반도의 남쪽 바닷가까지 왔다고? 사람들은 그 일이 가능하지 않다고 했다. 나는 가능하지 않은 일을 목도한 증인이 된 사실에 자주 설렜다.

5

바다에서 바다를 보는 사람은 바다에 머문다. 바다에서 바다가 아니라 다른 것, 바다가 보여주지 않은/못한 것을 보는 사람은 바다를 떠난다. 바다에서 바다를 보는 사람은 물속으로 들어간다. 그것이 바다에 오래 머무는 방법이기 때문이다. 말을 배우기 전부터 물과 놀고 물속에서 헤엄치고, 그래서 땅위에서 걷는 것보다 물위에 떠 있는 것에 더 능숙해진다. 바다에서 바다를 보지 않는 사람은 물속으로 들어가지 않는다. 집앞이 바다여도 물에 발을 담그지 않는다. 헤엄치지 않는다. 바다에서 바다를 보는 사람은 배를 탄다. 바다에 머물기 위해, 되도록 오래 머물기 위해 배를 탄다. 바다가 삶의 터전이 된다. 바다에서 바다를 보지 않는 사람은 배를 타지 않는다. 바다에 머물려는 마음이 없기 때문이다. 그에게 삶의 터전은, 그곳에 없다. 그를 홀리는 것은 바다가 아니라 바다 너머, 이상하게 생긴 처음 보는 물건들이 떠밀려온, 어딘지 모르는 저곳이기 때문이다.

눈앞의 바다를 보면서 바다 너머를 그리워한다는 것은 바다가 막고 있는, 막고 있어서 보이지 않는 저곳, 다른 세계를 동경한다는 뜻이다. 이때 바다는 풍경이 아니고, 터전도 아니고, 오히려 장애물이 된다. 달이 사이에 끼면 해가 가려지는 이치다. '너머'는 이쪽의 무언가가 차단하고 있어서 눈에 들어오지 않는 저쪽의 무언가에 붙은 이름이다. 이 차단막은 차단하면서 저쪽에 무언가가 있음을 암시한다. 이런 암시의 가능성이 '너머'라는 단어에 들어 있다. '너머'의 아련함은 이와 무관하지 않다. 차단의 기능은 보이지 않게 하는 것. 바다는 바다 저쪽을 가리면서 바다 너머 저쪽에 다른, 보이지 않는 세계가 있다고 가리킨다. 그 세계는 모르는 세계이다. 눈앞의 바다가 아니라 눈에 보이지 않는 바다 너머를 보는 사람은 바다 너머 저쪽을 그리워하는 것이다. 그곳은 그가 모르는 곳이다. 모르는 세계를 향한 이 그리움은 무엇일까. 모르는 곳을 그리워한다는 것이 가능할까.

고향과 과거, 즉 경험된 것을 향한 그리움이 향수다. 향수는 경험했기 때문에 생기는 것이 아니라 경험한 것이 알지 못하는 상태가 되었기 때문에, 그럴 때 생긴다. 익숙한 것이 익숙하지 않아졌을 때 출현한다. 무지는 지知의 부재를 가리킨다. 이 부재는 획득 실패로 인한 것이 아니라 획득한 것의 상실로 인해 생긴다. 알던 것이 알지 못하는 것이 되었을 때 생긴다.

무지는 알던 것으로부터의 소외를 뜻한다. 떠난 사람은 장소만 아니라 시간에서도 분리된다. 향수는 고향(근원)과의 거리, 혹은 결여가 만들어내는 열망이다. 이 거리는 그가 떠났기 때문에 생겨난 것이다. 그가 만든 거리이다. 그러나 소외를 느끼는 사람은 이 거리가 자기로부터 말미암았다고 생각하지 않는다. 고향이 자기를 떠났다고 한탄한다. 향수병을 앓는 사람은 자기가 고향을 떠났다고 생각할 줄 모르는 사람이다.

경험하지도 않았고, 떠나지도 않은 곳/시간을 향한 그리움은 미지를 향해 촉수를 뻗는다. 미지를 향한 이 그리움을, 무지에 의한 그리움인 향수와 구별하여 추구追求라고 명명하면 어떤가. 좇고 구하는 것이 추구이다. 좇고 구하는 대상은 여기 없는 것이다. 향수는 있었으나 있지 않은 것을 그리워하지만 추구는 있어본 적이 없는 것을 그리워한다. 무지는 '여태' 모름이고, 미지는 '아직' 모름이다. 두 모름은 같은 모름이 아니다. 무지는 아는 것이 마땅한 어떤 것을 알지 못함이고 미지는 알 리 없는 어떤 것을 알지 못함이다. 무지에는 알지 못한 데 대한 불만이, 미지에는 알게 될 것에 대한 기대가 내포되어 있다. 무지는 과거에 대한 것이고, 미지는 미래를 향한 것이다. 무지는 향수를 불러일으키고 미지는 추구를 북돋운다.

향수가 보았던 바다를 다시 보려는 마음이라면, 추구는 본 적 없는 바다 너머를 새로 보려는 마음이다. 향수가 가졌다가 잃어버린 것을 되찾으려는 그리움이라면, 추구는 가져본 적 없는 것을 얻으려는 그리움이다. 향수가 현실이 불완전하거나 낯설기 때문에 완전한, 완전하다고 간주되는 익숙한 세계로 귀환하려는 열망을 갖게 한다면, 추구는 이 익숙한 현실이 전부가 아니라는, 전부일 리 없다는 생각 때문에 다른, 모르는, 낯선 세계에 도달하려는 시도를 하게 한다. 구체적이고 감각적이고 분명한 세계 너머 구체적이지도 감각적이지도 분명하지도 않은 세계를 지향하게 하는 열망이 인간을 다른 존재가 되게 한다. 그리움이 하는 일이다. 그것은 현실 속으로 다른 차원을 초대하는 것과 같다. 초대된 다른 차원이 우리를 끌어올린다. 바깥으로, 위로. 말하자면 초월. 레비나스는 초월을 횡단하는trans 운동이자 상승하는scando 운동이라고 했다.

가로질러 올라가는, 가야 하는 존재다, 인간은.

영원에 속하지 않은 것

1

그렇고말고. 사람의 몸은 본래 그렇게 생겨 있어서 누군가를 '품에 안는다'고 할 때 그것은 반드시 그의 등뒤로 두 손을 마주잡는 것일 수밖에 없다.

이 문장은 미셸 투르니에의 것이다. 미셸 투르니에가 에두아르 부바가 찍은 여러 장의 사진들에 글을 붙인 이 책의 제목은 『뒷모습』이다. 책에 실린 사진들은 모두 사람의 뒷모습을 포착한 것이다. 그 가운데 젊은 연인들이 포옹하고 있는 사진이 있다. 남자와 포옹하고 있는 여자의 뒷모습을 찍었다. 뒷모습이니 여자의 얼굴은 보이지 않는다. 흑백사진이고 주변이 어두운데다 여자의 목덜미 쪽으로 고개를 숙이고 있어서 남자의 얼굴도 보이지 않는다. 눈에 들어오는 것은 여자의 몸을 끌어안고 있는 남자의 손이다. 사진의 중앙에서 빛을 받고 있는 남자의 손에 저절로 시선이 간다. 남자의 두 손은 여자의 등뒤에서 맞붙어 있다. 아마 여자의 두 손도 남자의 등뒤에서 맞붙어 있을 것이다. 연인들의 몸 사이에는 틈이 없어 보인다.

그렇다. 연인들의 포옹은 틈을 없애는 방법이다. 연인들은 틈이 생기면 불안하기 때문에 틈이 생기지 않도록 서로를 부여안는다. 연애는 틈을 인정하지 못하는 열정이다. 느슨한 포옹은 연인들의 것이 아니다. 연인들의 포옹에는 '으스러지게'라는 관용어가 따라붙는다. "덩어리가 깨어져 조각조각 부스러지다"가 '으스러지다'의 사전적 정의이다. 언젠가 나는 홍유릉에서 서로의 몸을 '으스러지게' 끌어안고 있는 소나무와 때죽나무를 보았다. 두 나무는 틈을 없애려고 끌어안고, 그래도 아쉬워서 서로의 몸속으로 파고드는 것처럼 보였다. 나는 그 이미지에 홀려 한 편의 소설을 썼다. 내가 본 때죽나무와 소나무처럼 연인들은 상대의 몸속으로 파고들려고 한다. 그렇게 해야 틈을 없앨 수 있기 때문이다. 틈을 없애는 것에서 시작된 연애는 틈이 생길 여지를 없애려는 의지로 나아간다. 그렇지만 이 틈은 어떻게 해도 메워지지 않는다. 어떤 음식으로도 채울 수 없는 허기가 있다. 먹어도 먹어도 허기가 채워지지 않아 자기 몸을 뜯어먹고 죽었다는 신화 속 인물 에리직톤을 우리는 알고 있다. 위가 꽉 찼어도 빈 것 같다. 틈이 없어도 여전히 틈이 있는 것 같다. 아무리 가까워도 더 가까워야 할 것 같다. 없는 틈을 없애는 방법은 파고드는 것 말고는 없다. 한몸이 되는 것 말고는 없다.

이 사진이 포옹하고 있는 연인들의 얼굴을 보여주지 않는 데에 뜻이 없을 리 없다. 여자의 등뒤에서 맞잡고 있는 남자의 두 손이 사진의 중앙에 무슨 매듭처럼 오롯이 배치된 데에 뜻이 없을 리 없다. 얼굴이 주인공이 아니라고 이 사진은 선언한다. 얼굴은 독자적이고 고유하고 대체할 수 없는 것이다. 얼굴은 섞이고 파고들고 부서지고 하나가 될 수 없는 것이다. 얼굴은 섞이고 파고들고 부서지고 하나가 되려는 시도를 피해 달아난다. 마주볼 수 있을 뿐 붙잡을 수 없는 것이 얼굴이다. 붙잡으려면 고정되어 있어야 하는데, 얼굴은 무수히 많은 기호가 모여 있는 장소여서, 붙잡았다 하면 달아나고 파악했다 하면 벗어난다. 절대로 고정되지 않는다.

"그 사람을 사랑하지 않을 때 우리는 그 사람이 고정되어 있다고 생각한다. 그렇지만 일단 그 사람을 사랑하게 되면, 그 사람은 잠시도 가만히 있지 않는다." 알랭 핑켈크로트는 프루스트의 『꽃 핀 소녀들의 그늘에서』의 한 부분을 인용하며 사랑에 빠진 사람의 곤경에 대해 설명한다. 사랑에 빠진 사람은 자신을 사로잡고 있는 사람을 묘사할 줄 모르는 사람이다. 묘사를 하려면 대상이 고정되어 있어야 하는데 그가 사랑하는 사람은 고정되지 않기 때문이다. "사랑받는 (사람의) 얼굴은 유동적이고, 파악하기 어렵고, 언제라도 사라지려고 하는 것, 즉 미적 현실이 아니라 잠재적 소멸"이다. 대상을 명확하게 표현하는 것은 사랑에 빠지지 않을 때만 가능하다. 그것이 사랑에 빠지지 않은 사람의 특권, 혹은 숙명이라고 그는 재치 있게 말한다. "사랑에 빠진 사람에게 그가 사랑하는 사람은 아름답지도 숭고하지도 않다. (……) 그것은 다만 감금할 수 없는 현존일 뿐이다." 레비나스의 영향 아래서 글을 쓴 것이 분명한 『사랑의 지혜』는 사랑에 대한 성찰로 가득차 있다. 나는 틈날 때마다 이 책을 꺼내 읽는다.

마주보아야 할 뿐 붙잡으면 안 되는, 붙잡을 수 없는 것이 얼굴이다. '포옹'이 제목인 작품의 주인공은 손이다. 얼굴이 아니다.

주의깊게 바라보면 여자의 등뒤에서 맞잡고 있는 남자의 손은 자전거를 움직이지 못하게 고정하는 케이블 자물쇠처럼 보인다. 안에 여러 가닥의 강철 철사가 들어 있는 둥근 모양의 케이블 자물쇠는 자전거의 굴러가는 기능을 정지시킨다. 자물쇠는 잠그는 기능을 한다. 바퀴는 구르지 못한다. 연인의 몸을 끌어안고 있는 연인의 팔과 손은 성능 좋은 자물쇠이다.

연인을 끌어안고 있는 남자의 손에 한 다발의 꽃이 들려 있는 것은 어떤가. 미셸 투르니에는 그 꽃이 카네이션이라고 알려준다. 아무려나! 장미든 아이리스든 무슨 상관이겠는가. 가두고 잠그기 위해 준비한 것이 꽃이라면 이 꽃은 미끼 외에 아무것도 아니다. 미끼는 낚시/사냥을 위해 준비된다. 미끼로 획득할 수 있는 것은 사랑이 아니다. 환심을 사기 위해 건네는 꽃은 환심을 살 수 있지만 사랑은 아니다. 사랑은 살 수 있는 것이 아니기 때문이다. 뭔가를 들여서 샀다면, 꽃이든 무엇이든, 그것은 사랑이 아니다. 사랑이 아닌데 사랑인 줄 알거나 사랑이 아닌 줄 알면서 사랑인 체하는 경우는 의외로 많다. 그렇지만 사랑을 얻기 위해서는 환심을 사는 것이 먼저다. 그래서 꽃을 건네는 비순수가 사랑의 속성으로 받아들여진다. 어떤 순수는 비순수의 표현을 요구한다. 비순수의 표현을 통해서만 선언되는 순수가 있다. 사랑이 그렇다. 사랑하는 사람의 손에 들린 저 꽃은 사랑하는 사람을 '더' 잠그기 위한 도구이다. 꽃만 아니라 연인에게 전해지는 모든 것이 그렇다. 미셸 투르니에는, "한 다발 카네이션 꽃이 그 포옹을 장식하며 고정시킨다"라고 말한다.

저 사진 속의 소박한 꽃이 어떻게 있는지 보라. 연인의 몸을 잠그는 자물쇠 역할을 하는 손과 손 사이에 빗장이 끼워진 것처럼 보이지 않는가. 자물쇠를 채우고 빗장까지 지른 모양으로 보이지 않는가. 투르니에의 말이 옳다. 장식과도 같은 그 한 다발의 꽃에 의해 포옹이 '고정'된다. 이중 삼중의 잠금장치가 필요한 것은 저들의 사랑이 허약해서가 아니다. 사람들은 지켜야 할 소중한 것이 있고 그것을 잃어버릴 위험이 크다고 생각할수록 잠금장치를 정교하게 한다. 연인은 꼭 지켜야 하는 소중한 존재이고 잃어버리면 안 되기 때문에, 잃어버릴 위험이 가장 크기 때문에(사랑하는 사람은 아무리 가까이 있어도 멀다), 잠금장치가 정교해야 한다. 그러나 투르니에의 말은 반만 옳다. 꽃은 물론 무엇으로도 이 포옹을 완전히 고정할 수는 없다. 이중 삼중의 잠금장치가 필요하다는 것은 어떤 잠금장치로도 완전히 잠글 수 없다는 뜻이다.

이것이 용납되는 것은 상호성 때문이다. 뒷모습의 여자는 우리에게 얼굴만 보여주지 않는 것이 아니다. 그녀의 팔과 손도 보이지 않는다. 그녀의 팔과 손은 남자의 등뒤로 돌아가 깍지를 끼고 있을 것이다. 남자 연인이 그런 것처럼 이 여자 연인도 남자의 몸을 두 팔로 껴안고 있을 것이다. 두 손을 맞잡아 자물쇠를 만들고 있을 것이다. 움직이지 못하게 남자 연인을 가두고 있을 것이다.

때죽나무는 소나무의 몸속으로 파고든다. 상대를 자신의 일부로 삼기 위해서가 아니라 자신이 상대의 일부가 되기 위해서, 한몸이 되기 위해서 그렇게 한다. 그렇게 함으로써 이 가두기/잠그기는 갇히기/잠기기가 된다. 연인을 가두고 잠그는 사람은 동시에 연인에게 갇히고 잠긴다. 다른 방식의 사랑의 포옹은 없다.

2

두 사람이 얼굴을 서로 맞대고 그 들어가고 나온 곳이 맞물리도록 꼭 붙게 되면 저 뒤쪽—목덜미, 등, 허리, 엉덩이—은 탐험하고 소유하는 지역으로 변한다.

두 사람이 얼굴을 서로 맞대고 그 들어가고 나온 곳이 맞물리도록 꼭 붙게 하는 것이 미셸 투르니에가 정의하는 포옹이다. 그것이 틈을 없애(려)는 방법이다. '몸의 들어가고 나온 곳이 맞물리도록 꼭 붙'이려면, 틈을 없애려면, 어떻게 해야 하는가. 팔과 손을 사용해야 한다. 두 팔로 감싸서 껴안아야 한다. 그리고 이쪽 손과 저쪽 손을 상대의 등뒤에서 맞잡고 꼼짝 못하게 해야 한다. 팔과 손으로 하는 것이 포옹이다. 이때 두 팔과 두 손은 연인을 가두는 기능을 수행한다. 이때 연인의 팔과 손은 수갑이 된다. 사랑하는 사람이 포옹하는 다른 방법은 없다. 사랑은 가두고 잠근다. 틈을 없애기 위해서이고, 틈이 생길 여지를 허용하지 않기 위해서이다.

포옹에는 어루만짐에 대한 예감이 숨어 있다. 연인의 뒤쪽, 목덜미와 등과 허리와 엉덩이가 탐험과 소유의 지역으로 변한다고 투르니에는 말한다. 그러나 그는 이 탐험과 소유, 즉 애무에 대해서는 더 말하고 싶지 않은 것 같다. 그는 두 손이 그 지역에서 획책하는 일을 사진으로 찍는 것은 실례가 될지도 모른다고 말하고 물러난다. 글로 쓰는 것 역시 실례가 될지 모른다고 아마 그는 생각했으리라. 그러나 애무의 성격에 대한 암시는 충분하다. '두 손이 그 지역에서 획책하는' 것이 애무다. 애무 역시 손이/손으로 한다. 그리고 두 손이 그 지역에서 획책하는 것은 탐험과 소유이다. 탐험의 대상은 미지의 세계이다. 연인의 몸은 사랑에 빠진 사람에게는 언제나 미지의 세계이다. 탐험은 '아직 알지 못한' 세계가 '이미 아는' 세계가 될 때까지(만) 지속된다. 이미 아는 세계를 탐험하는 사람은 없고, 있다 하더라도 그 행위를 탐험이라고 부르지는 않는다. 애무가 계속되는 것은, 연인이, 연인의 몸이 언제까지고 미지의 상태에 있기 때문이다.

사람이 탐험을 하는 목적은 소유와 관계되어 있다. "타인을 애무함으로써, 나는 나의 애무에 의해 내 손가락 아래에서 타인의 육체를 태어나게 한다. 애무란 타인에게 육체를 부여하는 의식의 총체이다." 이것은 사르트르의 문장이다. 『존재와 무』에 나오는 이 문장을 인용하며 『사랑의 지혜』의 저자는 애무가 대상을 무장해제시키고 수동적으로 만들어 소유하려는 의도에 의해 행해진다고 말한다. 어쩌면, 그럴 수도. 그러나 우리는 이 시도가 성공하지 못한다는 걸 알고 있다. 사랑하는 사람은 결코 소유되지 않기 때문이다. 사랑하는 사람은 결코 '이미 아는' 세계에 들어가지 않기 때문이다. 언제까지나 파악되지 않기 때문이다.

사랑하는 사람의 몸을 반복해서 쓰다듬는 연인의 손길은 뜨거운 것이 아니라 초조하다. 닿을 듯 말 듯해서 안타깝다. 이 초조와 안타까움은 자신의 철저한 무능력을 부정하려는 몸짓이다. 사랑하는 사람의 몸을 어루만지는 사람은 그 행위를 통해 얻으려고 한 것을 얻지 못한다. 어쩌면, 얻으려고 한 것이 무엇인지도 모른다. 갈망하지만 무엇을 갈망하는지 알지 못한다. 애무의 손길이 사랑하는 사람의 몸 위에서 끝없이 맴도는, 맴돌 수밖에 없는 이유이다. 애무는 손으로 하지만, 그러나 레비나스를 따라 말하면, "애무를 받는 대상은 손에 닿지 않는다." 애무는 "언제나 다른 것, 언제나 접근할 수 없는 것, 언제나 미래에서 와야 할 것과 하는 놀이"(『시간과 타자』)이고, "애무에는 (사랑하는 자에 대한) 접근이 불가능하다는 고백이 담겨 있으며, 폭력은 실패하고 소유는 거부된다."(『존재에서 존재로』) 사랑하는 사람(의 몸)은 소유/정복되지 않는다. 그러므로 탐험은 멈추지 않는다.

애무는, 포옹이 그런 것처럼 사랑하는 사람을 붙잡고 가두려는 의도에 의해 행해지는 탐험이다. 그러나 아무리 만져도, 쓰다듬어도 사랑하는 사람은 붙잡히지 않고 가둬지지 않는다. 여전히 알 수 없고 초조하고 안타깝고 불안하다. 그러니 탐험은 계속되고, 이 탐험은 모험이 된다.

3

"다들 영원을 꿈꾸지만 첫 키스 때부터 이미 시작되지. 영원하지 않을지 모른다는 불안 말이야."

알랭 레네 감독이 구십 세에 만든 〈당신은 아직 아무것도 보지 못했다〉(2012)는 오르페우스와 에우리디케의 신화를 현대적으로 각색하고 다양한 매체 실험을 시도한 영화다.

신화는 에우리디케가 독사에 물려 죽자 아내를 찾아 하계로 내려간 오르페우스에 대해 전한다. 그의 노래와 연주는 신들을 홀린다. 하계의 신인 하데스마저 감동하여 아내를 데리고 가라고 허락한다. 지상으로 올라갈 때까지 에우리디케를 돌아보면 안 된다는 한 가지 조건이 붙었다. 그러나 오르페우스는 지상의 빛이 보이자 아내가 뒤따라오고 있는지 궁금하여 뒤를 돌아보았고, 그러자 에우리디케가 다시 하계로 끌려가고 말았다는 이야기.

이 신화를 각색한 알랭 레네의 영화는 사랑에 빠진 두 주인공이 서로에게 집착하는 장면에 상당히 많은 부분을 할애한다. 만나자마자 사랑에 빠진 두 사람은 만난 지 하루도 되지 않아 이런 대화를 나눈다. 여자가 자기를 떠나지 않겠다고 맹세하라고 요구하자 남자가 그러겠다고 맹세한다. 그러자 여자는 누구나 하는 것처럼 말로만 그러지 말고 자기를 떠날 생각조차 품지 말라고 말한다. 이어서 세상에서 제일 예쁜 여자가 쳐다본다고 해도 떠나지 않겠다고 맹세하라고 다시 요구한다. 여자는 초조하고 들떠 있고 어쩔 줄 몰라 한다. 사랑에 빠진 가장 행복한 순간에 그녀는 자기를 행복하게 만든 그 사랑이 사라질까봐 불안해한다. 남자가 원하는 대로 하겠다고 맹세하자 여자가 이번에는 이렇게 따진다. "그 여자가 쳐다보는 걸 알려면 당신도 그 여자를 봐야 되잖아요. 날 사랑하기 시작하면서 벌써 딴 여자를 생각하다니. 나는 불행해." 그러면서 운다. 이 무슨 억지인가. 그러나 이 억지는 사랑 때문에 이해되고 사랑 때문에 용납된다. 그 여자를 쳐다보지 않겠다고 약속하라는 여자의 요구를 남자는 기꺼이 받아들인다. 남자 역시 사랑에 사로잡혔기 때문이다. 그러나 여자는 그것으로 만족하지 못한다. 여자는 자기 목숨을 걸고 약속하라고 다그치고 남자는 또 그렇게 한다.

어떻게 해도 만족할 수 없다. 여자는 자기가 원하는 것이 무엇인지, 왜 그걸 원하는지 모른다. 다만 불안할 뿐이다. 사랑은 불안을 만든다. 이 불안의 원천은 불신이다. 사랑이 깊을수록 불신도 크다. 어떻게 해도 믿을 수 없고 어떻게 해도 불안에서 빠져나올 수 없다. 그래서 맹세를 강요하고 약속을 되풀이하지만 아무리 그렇게 해도 불신과 불안은 사라지지 않는다. 아무리 강하게 포옹해도 틈은 메워지지 않는다. 그러니 더 강하게 끌어안을 수밖에 없다.

"다들 영원을 꿈꾸지만 첫 키스 때부터 이미 시작되지. 영원하지 않을지 모른다는 불안 말이야." 이 대사는 영화의 후반부에 나온다. 저승의 신 하데스일 수도 있고, 하데스의 전령일 수도 있는 미스터리한 인물 무슈 앙리가 에우리디케를 잃고 고뇌에 빠진 오르페우스에게 이 말을 한다. 첫 키스의 순간에, 첫 키스와 함께 사랑이 끝날지 모른다는 불안이 스며든다고. 영원하지 않을지도 모른다는 불안은 영원을 꿈꾸기 때문에 생긴다. 사랑이 시작될 때 불안이 시작되는 것은 사랑이 기본적으로 영원을 향한 열망이기 때문이다. 영원을 담보로 하는 모험이 사랑이기 때문이다.

"사랑해"라고 말할 때 이 현재형 문장 속에는 미래를 넘어 영원이 담긴다. "사랑해"는 단순한 고백이 아니라 약속이다. '영원히'가 생략되어 있다. "영원히 사랑해"가 본래의 문장이다. 지금 사랑하고 있다, 가 아니라 앞으로도 영원히 사랑할 것을 약속하는 말이다. "사랑해"를 지금 사랑하고 있다는 사실에 대한 단순한 서술이라고 이해하는 사람은 없다. 하는 사람도 그렇고 듣는 사람도 그렇다. 불안은 거기서 싹튼다. 미래와 영원은 여기 없기 때문이다. 불투명하고 장담할 수 없는 영역이기 때문이다. 불투명하고 장담할 수 없는 영역을 약속하기/꿈꾸기 때문에 불안이 스민다. 영화의 여주인공 에우리디스의 그 집요함과 안절부절, 초조, 혼란, 억지와 집착은 그녀가 꿈꿀 수 없는 영원을 꿈꾸기 때문에 생긴다. 약속할 수 없는 것을 약속하고, 약속받을 수 없는 것을 약속받고자 하기 때문에 생긴다. 그러나 영원을 꿈꾸지 않는 것(영화에는 그런 인물들이 나온다. 에우리디스의 어머니와 그 연인의 사랑에 미래와 영원의 자리는 없다. 지금 여기의, 현실적이고 쾌락적인 사랑을 자랑스러워하는 이들이 그들이다)을 사랑이라고 할 수 없으니, 사랑 속으로 들어간 이는 이 위험을 각오하지 않으면 안 된다. 알랭 레네의 영화는 죽음만이 이 형벌에서 벗어날 수 있다고 암시한다.

4

"날 볼 수 있나요?"

"그래요. 당신을 잃게 된다는 두려움 없이도."

뒤를 돌아보는 바람에 연인을 잃은 영화 속의 오르페우스는 죽음을 통해, 죽음을 통과하는 유일한 방법을 통해서 그녀를 다시 얻는다. 연인을 죽음에서 데려오는 것이 아니라 자신이 직접 죽음 속으로 들어감으로써. 영화는 여기서 신화와 다른 이야기를 찾아냈다.

"오르페우스와 에우리디스는 마침내 함께 있게 되었다." 이 것이 이 영화의 마지막 내레이션이다. 민담류 서사에 나오는 전형적인 해피엔드의 문장("그리하여 그들은 오래오래 행복하게 살았답니다")을 닮은 이 문장이 원래의 신화가 가진 비극을 뒤집었다고 말할 수 있을까? 이 문장은 해피엔드의 문장일까?

이들이 상실에 대한 두려움 없이 마침내 함께 있게 된 그곳은 삶의 영역이 아니다. 죽음, 즉 영원 속으로 들어가는 것이 영원하지 않은 몸을 가지고 살면서 영원을 꿈꾸느라 생기는 어쩔 수 없는 불안에서 벗어나는 유일한 길이라고 이 영화는 말한다. 그들은 거기서 이제 비로소 상실의 두려움 없이 함께 있게 되었다. 그들은 영원을 획득했고, 그럼으로써 불안에서 벗어났다. 초조도 안절부절도 억지도 질투도 망상도 없는 완전한 평온함 속으로 들어갔다. 부동의 고요. 메시지는 분명하다. 그렇게 완전한 상태를 얻기 위해서는 죽음/영원 속으로 들어가야 한다. 그것 말고는 다른 길이 없다.

　구십 세의 노장은 사랑에 빠질 때 우리가 그렇게 불안한 것은 사랑이나 인간의 본성 때문이 아니라 삶의 속성 때문이라고 말하는 것 같다. 살아 있기 때문이라고. 살아 있는 한 어쩔 수 없다고 역설하는 것 같다. 왜 그런가. 살아 있다는 건 시간 위에 있다는 것이다. 시간은 흐르고 변하고 움직인다. 시간은 시간 위에 있는 것들을 흔들고 요동치게 한다. 삶은 시간의 변덕을 감수해야 한다. 그러니 시간 위에 있는 한 완전한 평온과 고요는 기대할 수 없다. 그것은 영원에 속한 것이니까. 그러니까 그러려면 시간 너머로, 시간을 초월한 자리로 건너가야 한다. 죽음의 친구인 신비한 인물 무슈 앙리는 에우리디스를 빼앗아간 것이 (죽음이 아니라) 삶이라고 오르페우스에게 말한다. 그는 속삭인다. "난 자네에게 에우리디스를 온전히 돌려줄 수 있어. 삶은 절대 줄 수 없는 방식으로 말이야." 삶은 절대로 줄 수 없다. 삶은 흔들리고 요동치니까. 살아 있는 존재는 사랑이 꿈꾸는 영원을 결코 획득할 수 없으니까. 그러니까 삶이 절대 줄 수 없는 방식이어야 한다고 죽음 편에서 온 사내는 말한다. 오르페우스는 이 거부할 수 없는 제안을 뿌리치지 못한다. 연인을 온전히 돌려받기 위해서는 그럴 수밖에 없다. 그는 이미 죽은 연인을 향해 죽음 속으로 들어간다.

그리하여 그들은 마침내 함께 있게 되었고, 마침내 부동의 평안을 누리게 되었다. 그럼으로써 더이상 영원을 꿈꾸지 않게 된(영원 속에 들어와 있으니 영원을 꿈꿀 이유가 없다) 그들이 여전히 서로를 사랑하고 있다고 말할 수 있을까? 삶의 조건에서 벗어나 상대를 향한 초조함도 요동도 불안도 없어진 그들, 부동의 안정감 속에 '함께' 있는 그들은 서로를 '사랑하고 있는' 것일까? 이 질문은 그런 세계에서 사랑이 필요한가, 혹은 가능한가, 라는 의문을 포함하고 있다. 이 유한하고 불안한 삶의 조건들이 유한하지도 불안하지도 않은 영원의 영역에서도 여전히 유효하다면, 그 세계가 이 세계와 다르다고 할 수 있을까.

이런 질문 끝에 이 영화의 마지막 내레이션을 다시 읽으면, 그들이 함께 있다는 것, 더구나 '잃어버릴 두려움 없이' 함께 있다는 것이 사랑에 대한 서술이라고 할 수 있는지 생각하게 된다. 잃어버릴 두려움이 없는 상태, 초조하지도 불안하지도 않은 상태, 그러니 잠그기나 가두기가 필요 없어진 상태를 사랑의 상태라고 할 수 있는가. 사랑에 대한 서술이 아니라 사랑이 필요하지 않게 된 형편에 대한 표현처럼 내게는 이해된다.

"부활 때에는 사람들은 장가도 가지 않고, 시집도 가지 않고, 하늘에 있는 천사들과 같다."(마태복음 22:30) 영원에 이르게 된 그들에게 영원을 꿈꾸는 것이 본질인 사랑이 아직 있다고 할 수 있을까. 천사들과 같이 된 그들에게 사람의 욕망이 남아 있을 거라고 상상할 수 있을까. 시간의 변덕을 견디는 것이 삶이라면 천사를 살아 있는 자라고 말할 수 없다. 시간이 위력을 발휘하지 못하는 죽음 후의 삶은, 삶의 삶과는 다른 삶일 것이다. 사랑은 흔들리고 요동치는 시간 위에서 '살고 있는' 사람에게 독점된 것이다. 그래서 불안정하지만, 그래서 잃어버리지 않으려고 연연하는 것이다.

사랑은 죽음보다 강한 것이 아니라, 죽음이 사랑을 알지 못하는 것이다. 저승의 신이 오르페우스에게 약속한(약속할 수 있는) 것은 에우리디스와 '함께 있는' 것이지 그녀를 사랑하는 것이 아니다. 그는 다만 '함께 있는' 것만 약속한다. '함께 있다'가 '사랑하다'의 다른 표현이라는 건 아마 관습적 오해일 것이다. 그가 '삶은 절대 줄 수 없는 방법'을 사용하는 것은 그가 삶이 줄 수 있는 것을 절대 줄 수 없기 때문이다. 죽음은 영원을 약속할 수 있지만 사랑을 약속하지는 못한다.

영원한 사랑은 없다. 영원한 것은 이미 사랑이 아니기 때문이다. '잃어버릴 두려움 없이' 사랑할 수 없다. 잃어버릴 두려움이 사랑이기 때문이다.

말과 번역

1

1932년생인 노모가 아홉시가 되기 전에 전화를 걸어 왜 아직 안 오느냐고 묻는다. 당황한 아들이 시계를 보고 이제 아홉신데요? 하자 노모는 그러니까 말이야, 한다. 아들은 조금 전에 잠에서 깼고, 이제 막 커피를 마시는 중이다. "일찍 온다고 하지 않았냐?" 어머니가 묻는다. 전날 아들은 내일 일찍 어머니를 찾아가겠다고 전화로 말했었다. 그 말을 할 때 아들은 아침에 일어나는 대로 '일찍' 출발할 생각이었다. 그는 다른 날보다 늦게 일어나지 않았다. 노모가 살고 있는 곳까지 가는 데는 한 시간 반이 걸린다. 그러니까 아무리 빨리 가도 열한시다. 열한시면 점심을 먹기에 충분하다. '일찍'이라고 할 때 아들의 생각 속에 있었던 시간은 열한시였다. 그에게 열한시는 '일찍', 이른 시간이다. 어머니에게 열한시는 '일찍'이 아니다. 일찍 온다더니 왜 아직 도착하지 않았느냐고 묻고 있으니 아홉시도 '일찍'이 아니다.

말들은 그 뜻이 고정되어 있지 않다. 사전적으로 정의가 분명한 단어라고 해서 다르지 않다. 사전은 단어를 고정하지 못한다. 말은 갇히지 않는다. 그 말을 사용하는 사람이 그 단어에 대해 어떻게 규정하고 어떻게 사용하느냐에 따라, 그리고 그 말을 사용할 때 어떤 심리 상태에 있느냐에 따라 뜻이 달라진다.

밀란 쿤데라가 자신만의 소설 사전을 따로 만들어 키워드들을 정의하고 있는 것은 그가 친절하다는 증거가 아니라 자기가 하는 말이 옳게 받아들여지(지 않)는 데 매우 예민하다는 증거이다. 그가 개인적 사전을 만들게 된 계기는 자기 소설의 번역을 감시한 결과였다고 그는 말한다. 그는 초기작인 『농담』이 서구의 여러 언어로 번역되는 과정에서 일어난 일들에 충격을 받았다고 한다. "프랑스에서는 번역자가 내 스타일을 윤색하여 소설을 새로 썼다. 영국에서는 편집자가 사유적인 구절들을 모두 잘라버리고 음악 이론에 대한 장을 없애버렸으며 각 부 순서를 바꿔 소설을 재구성해버렸다."(『소설의 기술』) 어떤 번역자는 프랑스어 번역본을 중역했고, 어떤 번역본에서는 하나의 문단이었던 긴 문장이 짧은 문장으로 조각조각 나뉘어 있기도 했다. 충격을 받은 그는 자기 소설이 잘 번역되었는지 감시하는 수고를 하게 되었는데, 그런 그의 모습을 곁에서 지켜보던 친구가 그럴 거면 차라리 그의 소설에 나오는 문제어, 열쇠어들에 대한 사전을 만들어보라고 조언했다는 것이다.

번역에 대한 견해에 따라 이 작가의 이런 태도는 좀 별나 보일 수 있다. 그러나 누구나 자기만의 말이 따로 있다는 것, 같은 말로도 다른 말을 할 수 있다는 것, 말이 옮겨지는 과정에서 의미가 변질될 수 있다는 것, 그러므로 출발어, 발화자의 말에 충실해야 한다는 생각에 동의하지 못할 사람은 아마 없을 것이다.

발화의 순간 단어는 재정의된다. 발화자의 조건과 발화의 상황에 의해 단어의 뜻이 새로 부여된다. 말하는 사람과 말해지는 상황에 대한 고려 없이 받아들일 수 있는 말은 없다. 말은 말하는 사람과 말해지는 상황에 의해 출현하는데, 말하는 사람과 말해지는 상황이 말의 뜻을 재부여하기 때문에, 기존의 사전, 사전 속의 정의가 무색해지는 일이 심심찮게 발생한다. 말은 누군가에 의한 말이다. 그러니까 누군가 말하는 순간 단어들은 다시 정의되지 않으면 안 된다.

한 사람의 말이 곧 하나의 국어다. 한 사람의 말은 다른 사람에게는 하나의 외국어이다. 세상에는 말을 하는 사람 수만큼의, 어쩌면 말해지는 상황만큼의 국어/외국어가 존재한다.

노모의 '일찍'과 아들의 '일찍'은 같은 단어가 아니다. 단어는 고정되지 않으려 한다. 사람은 다 자기 말을 한다. 그래서 번역이 필요하다. 번역 없이 이해될 수 있는 사람의 말은 없다. 여기서 번역은 헤아림을 뜻한다. 말하는 사람의 언어가 놓여 있는 상황에 대한 주의깊은 배려. 잘된 번역은 말이 아니라 말하는 사람을 잘 옮긴 것이다. 경청은 단순히 말에 귀기울이는 것이 아니라 그 말이 발생한 사람을 주의깊게 살피는 것이다. 이 일은 결코 쉽지 않다. 충분히 이해하지 못하거나 섣부르게 단정하는 습관 때문에 빈번히 오역이 일어난다. 집중과 인내, 그리고 어쩌면 상상력이 필요하다. 새벽 다섯시에 일어나는 것이 몸에 배어 있다고 해도, 그것이 아홉시를 '일찍'이라고(아홉시도 '일찍'이 아니라고) 말하는 이유의 전부는 아닐 것이다.

2

이탈리아 토리노 출신의 프리모 레비는 아우슈비츠에서 살아남은 생존자 중 한 사람이다. 수용소에서 나온 후 그는 십일 개월의 지옥 같은 수용소 체험의 기록인 『이것이 인간인가』를 펴냈다. 적대감을 드러내지 않는 그의 온순한 문장에도 불구하고 그 책을 분노와 슬픔 없이 읽어나가는 건 쉽지 않다. 굶주림과 추위와 노동과 인간성의 박탈, 모욕, 그리고 며칠에 한 번씩 시체소각실에서 검은 연기가 나오는 그 지옥에서 살아남은 데에는 화학자로서의 그의 직업이 큰 역할을 했다. 수용소 내 화학실험실에서 일하게 된 세 명의 포로 중 한 명이 그였기 때문이다.

그러나 프리모 레비는 다른 요소에 대해서도 말한다. "저는 생존하려고 아우슈비츠에서 독일어를 배웠어요." 이 말은 『파리 리뷰』에 실린 게이브리얼 모틀라와의 인터뷰에서 한 말이다. 살기 위해서는 지시하고 명령하는 독일말을 알아들어야 했고, 그래서 독일어를 배워야 했다고 그는 말한다. 『작가란 무엇인가 3』에 수록된 그 인터뷰에 의하면, 그의 많은 "동료들"은 독일말을 알아듣지 못해 죽었다. 그는 화학 공부를 하느라 독일어를 조금 익힌 상태였지만 "개가 짖듯 고함치는" 독일인들

의 말은 알아들을 수 없었다. 그래서 이중언어를 쓰는 알자스
로렌 지방 출신의 포로들에게 대체 저 말이 무슨 뜻인지 "알아
듣도록" 가르쳐달라고 부탁했다. 그는 살기 위해 말을 배워야
했다.

말이 생존을 위해 필요하다고 할 때 핵심은 '알아듣다'에 있
다. 말이 생존을 위해 필요한 것은 알아듣지 못하면 죽기 때문
이다. 말을 '하는' 것은 부차적이었다. 레비가 독일말을 배운
것은 말하기 위해서가 아니라 알아듣기 위해서였다. 사실 아
우슈비츠에 수용되어 있던 이들에게 말을 할 기회는 거의 주
어지지 않았다. 그들에게는 그런 정도의 자율성이 보장되지
않았다. 그들은 인간으로 대우받지 못했다. 말을 한다는 것은
의사를 표현한다는 것이고, 그러기 위해서는 특정 현상이나
사안에 대한 판단과 의견(을 가질 능력)이 전제되어야 한다.
판단과 의견은 생각의 영역이고, 말은 생각의 구현이다. 말을
한다는 것은 생각을 나타내 보이는 것이다. 인간성이 압류당
하고 오직 철저한 수동성만 강요당한 아우슈비츠 사람들에게
그런 것이 허용되었을 리 없다.

어떤 측면에서 그들은 말을 할 필요가 없었다. 말을 하기 위
해 독일어를 배워야 할 필요가 없었다. 그들에게 중요한 것은

생존이었는데, 독일어를 말하는 것이 그들의 생존을 보장해 주는 것은 아니었다. 실제로 그곳에는 이탈리아어와 독일어를 통역하는 포로가 있었다. 그의 책에는 전하기 싫은 말을 "마지 못해" 통역하는 이의 곤혹스러움에 대해 묘사하는 대목이 나온다. "자신의 것이 아닌 나쁜 말들을 입 밖으로 내놓느라, 마치 구역질나는 것을 뱉듯이 그의 입이 일그러지는 게 보인다." 프리모 레비는 이 독일 유대인 통역자에 대해 본능적인 존경심을 느끼는데, "그가 우리들보다 먼저 고통스러워하기 시작했다는 것을 느꼈기 때문"이라고 밝힌다. 이 통찰은 놀랍다. 말을 알아듣는 사람은 알아듣기 때문에 생존하지만, 그러나 그 때문에, 알아듣지 못하는 사람보다 먼저, 알아듣지 못하는 사람이 느끼지 못하는 고통을 느낀다. 그 사람은 독일어를 통역할 수 있는 능력 때문에 생존했다. 그러나 이 경우도 그가 독일어를 '말할' 수 있어서는 아니었다. 그는 독일어를 말할 수 있었지만, 그것이 생존의 이유가 된 것은 아니었다. 그가 한 것은 이쪽 말을 저쪽 말로, 그리고 저쪽 말을 이쪽 말로 전한 거지, '말을 한' 것은 아니었다. 그가 생존한 것은 독일어를 '말했기' 때문이 아니라 '알아들었기' 때문이다. 통역자인 그의 생존을 위해 필요한 것도 말을 하는 것이 아니라 다만 '알아듣는' 것이었다.

'말하기'가 금지되거나 제한되고, 혹은 무의미하게 되고, 오로지 '알아듣기'만 강조될 때, 말을 알아듣는 것이 생존의 조건으로 강요될 때 그곳에 인간은 없다. 그곳이 곧 아우슈비츠다.

　말을 알아듣는다는 것은 단순히 그 사람이 하는 말의 의미를 알아내는 것이 아니라 말한 사람의 의중을 알아차리는 것이다. 프리모 레비가 그곳에서 많은 사람이 말을 알아듣지 못해 죽었다고 말할 때, 그가 의미하는 말은 특정 나라의 말, 즉 독일어가 아니다. 물론 독일어를 알아듣는 것은 중요했다. 그래서 레비는 살기 위해 독일어를 배웠다. 그러나 아우슈비츠에 있는 사람들의 생존을 결정한 것은 독일어를 알아듣는 능력이 아니라 특정한 상황에서 특정한 말을 한 어떤 사람의 의중을 파악하는 것이었다. 의중을 헤아리기 위해서는 물론 말의 뜻을 알아야 하지만, 그러나 말의 뜻을 알아도 말하는 사람의 의중을 파악해내지 못하는 경우는 의외로 많다. 외국 여행중에 그 나라 말을 제법 할 줄 아는 사람이 알아듣지 못한 말을 그 나라 말을 전혀 모르는 사람이 알아듣는 경우를 보았다. 말을 알아도 못 알아들을 수 있다. 말이 아니라 의중을 알아채는 것이 중요하다. 같은 언어를 쓰는 사람끼리도 이런 일은 발생한다. 우리는 종종 말이 통하지 않는다고 말한다. 단어의 뜻을 몰라서가 아니라 말하는 사람의 뜻을 이해하지 못해서, 헤아리지 못해서 종종 우리는 대화에 실패한다.

그러니까 알아듣기 위해 필요한 것은 말한 사람이 어떤 사람인지, 적어도 지금 그 사람이 어떤 상태의 사람인지 아는 것이다. 말을 알아듣는 것은 그 사람을 알아듣는 것이다. 특정 언어의 구사 능력과는 상관이 없다. 말은 사람을 통해 나오고 사람은 말을 통해 자기를 드러낸다. 말은 그 사람이다. 지금 한 그 말은 지금 그 사람이다. 살기 위해서는 지금 그 사람이 어떤 사람인지 알아야 한다. 인정하고 싶지 않지만, 때때로 생존의 문제가 여기에 걸쳐 있다. 가령 이청준의 「소문의 벽」의 소설가 박준이 어릴 때 경험한 것처럼.

6·25전쟁중 남해안의 한 시골 마을에는 남쪽의 경찰과 북쪽의 빨치산들이 수시로 드나들었다. 이들은 무기와 이념으로 무장하고 있어서 무섭다. 이들은 죽음에 대한 무서움 때문에 무기와 이념으로 무장하고, 무장한 무기와 이념이 이들을 무서운 사람으로 만든다. 이들이 가장 무서울 때는 정체를 알 수 없을 때이다. 사람은 누구인지 모를 때가 가장 무섭다. 어떤

사람인지 알면 대처할 수 있지만, 모를 때는 그럴 수 없기 때문이다. 정체를 알 수 없는 이들이 한밤중에 들이닥쳐 곤히 잠들어 있는 사람의 얼굴에 전짓불을 비추며 당신은 어느 편이냐고 물을 때 입을 열 수 있는 사람은 없다. 전짓불을 들고 있는 사람이 어느 쪽 사람인지 알지 못하기 때문이다. 이것은 절망적 상황이고, 지독한 시험이다. 말을 잘못했다가는 봉변을 당할 것이다. 삶과 죽음이 한마디 말에 달려 있다. 실제로 이 시험을 통과하지 못해 희생된 사람들이 많았다고 소설가 박준은 전한다. 전짓불 뒤에 숨은 사람의 정체를 점치려다 실패한 사람들이었다.

그러니까 말하는 사람이 누구인지 아는 것은 중요하다. 그렇지만 말하는 사람이 누구인지 알아야 해서, 누구인지 모른 채로는 아무 말도 할 수 없어서 어떤 말도 하지 못한다면, 그것을 인간 세상이라고 할 수 있을까.

3

식민 지배는 말을 옮긴다. 말을 옮겨 심는 이식의 과정이 식민주의의 실천에 포함된다. 정복자의 언어가 식민지에 옮겨온다. 식민지의 언어는 정복자의 언어로 대체된다. 땅을 정복한자는 그 땅의 지배를 공고히 하기 위해 정복자의 정신을 이식한다. 언어는 정신을 실어나르는 수레와 같다. 땅만 차지할 뿐자기 말을 이식하지 못한 자의 지배는 두려움을 주지 않는다. 땅의 지배가 끝남과 동시에 그 지배도 끝난다. 그러나 언어를옮겨 심는 데 성공한 지배는 땅의 지배가 끝나도 끝나지 않는다. 언어와 함께 지배가 계속된다. 언어 속에 지배자의 정신이들어 있기 때문이다. 말을 바꾸는 것은 어렵고 중요하다. 중요한데 어렵다.

어렸을 때 나는 벤토, 다마네기, 스메키리, 요지 같은 단어들을 들으며 자랐다. 일제강점기를 지나온 어른들은 입에 밴그 말들을 자연스럽게 발음했고, 자녀들은 그 영향에서 벗어나지 못했다. 도시락, 양파, 손톱깎이, 이쑤시개라는 단어는너무나 낯설어서 그렇게 말하려면 매우 의식적이어야 했다. 예컨대 국어를 외국어처럼 발음해야 한다는 뜻이었는데, 그것은 여간 어색한 일이 아니었다.

우리만 그런 경험을 한 건 아니다. 프랑스 지배를 받은 바있는 베트남 사람들은 지금도 프랑스어를 적어도 백 개 이상사용하고 있다고 베트남의 한 작가는 말한다. 카페(커피), 가토(케이크), 푸페(인형), 노엘(성탄절) 같은 단어들을 베트남인들은 일상적으로 사용한다.

흥미로운 사실은 식민지에 온 프랑스 사람들 역시 베트남어를 익혔다는 것이다. 그들의 익힘에는 생존이나 강요의 요소가 없다. 그들은 마음 내키는 대로 이 새로운 낯선 언어를 사용하거나 사용하지 않는다. 식민지의 사람들에게 없는 말에 대한 자유가 그들에게는 있다. 프랑스어는 베트남 사람들 위에 군림하지만, 베트남에 온 프랑스 사람들은 베트남어 위에 군림한다. 베트남 사람들은 프랑스어의 규칙에 복종해야 하지만 베트남에 온 프랑스 사람들은 베트남어의 규칙에 복종하지 않는다. 그 반대이다. "그들은 자기들의 언어 습관대로 베트남어를 발음했고, 베트남 단어들에 다른 의미를 더하기도 했다."(킴 투이, 『앰』) 그들이 말을 바꾼다. 소녀, 딸을 뜻하는 베트남어 '꽁가이'가 '매춘부'를 의미하게 된 것이 한 예이다. 이들에 의해 이 단어는 매춘부의 뜻으로 더 많이 쓰이다가 나중에 매춘부라는 뜻으로 굳어졌다.

말의 변질은 이렇게 이루어진다. 한 시기에 존중을 표현하기 위해 쓰이던 단어가 다른 시기에는 무시하기 위해 쓰인다. 한 곳에서 존중하기 위해 사용되는 표현이 다른 곳에서는 조롱하기 위해 사용된다. 말은 자율적이지 않다. 말의 운명은 말을 사용하는 사람들에 의해 정해진다. 그러니까 말의 타락이라고 말하지 말아야 한다. 말은 타락할 줄 모른다. 스스로 숭고해질 줄 모르는 것처럼 타락할 줄도 모른다. 타락한 사람들이 말을 더럽힐 뿐이다. 이렇게 쓰이던 말을 저렇게 쓰면 그 말은 더이상 이런 말이 아니게 된다. 적어도 그런 뜻으로는 쓰지 못하게 된다.

그리고, 베트남에서 이런 일이 있었다고 『앰』의 작가 킴 투이는 전한다. 프랑스는 인도차이나와 베트남을 본토 주민의 이주보다는 경제적 착취를 위한 영토로 간주했다. 많은 프랑스인 사업가가 이런 목적으로 식민지에 들어왔다. 제국에서 온 이 사업가들은 식민지 노동자들을 착취한다. 고무농장의 농장주인 알렉상드르도 그런 사람들 가운데 한 명이다. 그런데 그의 돈벌이를 방해하고 죽이려는 목적으로 그의 농장에 잠입한 마이라는 베트남 여자와 사랑에 빠지는 일이 일어난다. 둘은 결혼하고, 아이를 낳는다. 그 아이의 이름은 떰이다. "떰이 태어난 뒤, 알렉상드르는 떰이 딸이었음에도 '꽁가이'라는 단어를 사용하지 않았다. 자기 딸이었기 때문이다."

장소와 관심이 말의 발생에 관여한다. 테니스장에서 하는 거의 모든 대화는 테니스에 대한 것이다. 테니스 선수의 이름과 활약에 대한 정보, 테니스 라켓에 대한 평가, 스트로크와 발리, 서비스할 때의 자세 등. 그들이 주로 테니스를 화제에 올리는 것은 그곳이 테니스장이고, 그들이 테니스에 관심이 많기 때문이다. 말의 발생에 관여하는 장소와 관심은 말을 제한하는 데도 관여한다. 어떤 장소에서 유익하거나 즐거운 대화가 다른 장소에서는 유익하지도 않고 즐겁지도 않게 되는 것은 그 때문이다. 예를 들면 장례식장에서 우리는 할 말과 하지 않을 말을 가린다. 종교나 정치 성향이 다른 사람 앞에서 할 수 없는 말도 있다. 이런 식으로 장소와 관심은 화제를 제한한다. 어떤 상황에서 어떤 말은 제거된다. '관여한다'는 것은 그런 뜻을 포함한다.

말은 옮겨가고 변질되기만 하는 것이 아니라 없어지기도 한다. 알렉상드르는 더이상 '꽁가이'라는 단어를 쓰지 않는 사람이 되었다. 그 계기는 사랑이었다. 사랑이 무의식적으로, 일상적으로, 무신경하게 내뱉던 어떤 말, '꽁가이', 혐오와 조롱의 단어를 삼키게 했다. 사라지게 했다. 나는 이런 예를 많이 알고 있다. 사랑은 사랑하는 사람의 많은 것을 바꾼다. 무엇보다 말을 바꾼다. 성향이나 출신, 인종이나 이념이 만든 혐오와 조롱의 말들을 내버린다. 사랑이 그런 단어들을 그의 사전에서 사라지게 한다. 알렉상드르는 꽁가이라는 단어를 잃었다. 단어들이 이런 식으로 폐기된다. 사랑이 성향이나 출신, 인종이나 이념의 벽에 갇히지 않는다는 예시이기도 할 것이다.

사랑을 제어할 수 있는 것은 없다. 무엇으로도 사랑을 제어할 수 없는 것은 사랑이 부조리하기 때문이다. 점령국의 악덕 농장주를 죽이려던 마이가 오히려 사랑에 빠지게 된 사연을 전하면서 킴 투이는 "십대의 마이는 자신에게 부여된 임무에는 투철했지만 사랑을, 사랑의 부조리함을 경계하는 법은 알지 못했다"라고 쓴다.

불합리한 충동의 에너지가 항상 더 크다. 사랑은 오랫동안 쌓아온 견고한 합리의 성을 한순간에 무너뜨린다. 혐오와 차별은 나름의 합리적 논리를 그 안에, 주로 궤변의 방식으로, 튼튼하게 무장하고 있어서 깨뜨리기가 어렵다. 그 안에서 지내는 사람에게 적에 대한 혐오나 조롱의 말은 그와 그의 동료들의 사기를 북돋울지언정 허물로 지적되지 않는다. 장려될지언정 제어되지 않는다. 반성과 성찰은 그 논리 밖으로 나오지 않는 한 이루어지지 않는데, 합리적 설득을 통해 그 튼튼한 논리 밖으로 나오게 하는 것은 거의 불가능하다. 그것을 깨뜨릴

수 있는 것은 불합리한 충동이며 부조리한 일격인 사랑밖에
없다.

　노모는 전화했니? 하고 묻는다. 전화하지 않은 아들에게 전
화를 걸어 전화했니? 하고 묻는다. 어떤 질문은 명령이어서 대
답이 필요하지 않다. 필요한 것은 대답이 아니라 행동이다. 대
답으로서의 행동이다. 무심함을 지적하고 깨우치게 하는 가장
좋은 방법은 유심함이라고 나는 쓴다. 이 번역은 옳을까. 아들
은 대체로 완전한 번역에 실패한다. 실은 완전한 번역이란 게
존재하지 않는지 모른다. 왜냐하면 발화자의 말에 여러 뜻이
포함되어 있을 수 있고, 무엇보다 발화자조차 자신이 하는 말
의 뜻을 모르는 경우가 있기 때문이다. 어떤 말은 도착어에 의
해 출발어의 뜻이, 비로소 밝혀지기도 한다. 불완전한 문장이
번역을 거치면서 완전해지는 경험은 그리 이례적이지 않다.
무슨 뜻인지 모른 채 내놓은 말이 듣는 사람(의 반응)에 의해
분명해진다면, 이렇게 말하는 것이 가능해진다. 어떤 뜻은 발
화의 순간이 아니라 번역의 순간에 비로소 출현한다. 그러니
까 번역되기까지는 누구도 아직 말한 것이 아니다. 듣는 사람
(의 반응)이 말하는 사람의 말을 규정/결정한다. 번역을 강조
하지 않을 수 없는 이유이다.

4

차茶는 물의 신神이요, 물은 차茶의 체體라 하였는데, 진수眞水가 아니면 그 신神이 나타나지 않으며 진차眞茶가 아니면 그 체體를 볼 수 없다 하였다.

이청준의 소설 「다시 태어나는 말」에는 초의선사의 다도에 대한 글이 나온다. 이 소설은 선생이 쓴 두 연작소설('언어사회학 서설'과 '남도 사람')에 마지막 작품으로 동시에 실려 있다. 말에 대한 탐구와 소리(판소리)에 담긴 한이 수렴하는 한 지점이 이 작품이다. 말다운 말, "사람의 동네에서 떠나버린 말, 죽어 냄새로 떠돌아다니는 말, 그런 말이 아니라 사람들 사이에 아직도 살아서 숨을 쉬고 있는 말, 믿음을 지니고 살아 있는 말"을 찾아다니는 지욱은 우연히 『초의선집』을 읽고 그 책을 엮어 펴낸 김석호씨를 찾아간다. 『초의선집』이라는 시문집에는 초의선사의 「동다송東茶頌」과 「다신전茶神傳」이 포함되어 있는데, 「동다송」은 한국 차를 예찬한 글이고, 「다신전」은 차를 마시는 법에 대해 쓴 글이다.

이청준은 다도의 이치에 대한 초의선사의 글에서 말과 정신의 규범을 이끌어낸다. 우리가 마시는 차는 찻잎과 물로 이루어진다. 찻잎이 뜨거운 물에 우려지면 차가 된다. 찻잎은 물에 스며 차를 만든다. 물은 찻잎을 받아 차를 만든다. 그러니 찻잎은 물의 영혼神이고 물은 찻잎의 몸體이다. 물이 없으면 찻잎은 몸을 갖지 못하고, 찻잎이 없으면 물은 영혼을 얻지 못한다. 물이 없으면 찻잎은 차에 이르지 못하고, 찻잎이 없으면 물은 차가 되지 못한다. 차가 맛을 내려면 찻잎과 물이 조화를 이루어야 한다. 비율이 중요해지는 이유이다. "차(찻잎)가 많으면 향기가 써서 맛이 떨어지며, 물이 많으면 색이 나지 않고 맛이 떨어진다." 너무 빨리 마시면 맛이 나타나지 않고, 너무 늦으면 향을 잃는다.

말에는 정신(생각)이 담겨 있다. 그러나 정신(생각)이 지나치면 찻잎이 너무 많은 차가 쓴맛을 내는 것처럼 부담스러워진다. 반대로 충분하지 못하면 색이 나지 않고 향도 나지 않는 차처럼 무미건조해진다. 내용과 형식이 잘 어울려야 한다는 뜻이겠다. 말 속에 생각이 잘 풀어져야 하지만 아예 생각이 담겨 있지 않아도 곤란하다. 균형 있게 잘 어울리지 않으면 문장은 알아듣기 어렵거나 하나 마나 한 것이 된다. 두 경우 모두 제대로 전달되지 않는다. 찻잎을 너무 많이 넣거나 너무 적게 넣거나 차가 되지 않는 것은 마찬가지다. 잘 말한다는 것은 알아듣게 말한다는 것이다.

그러나 "진수眞水가 아니면 그 신神이 나타나지 않으며 진차眞茶가 아니면 그 체體를 볼 수 없다"라는 앞의 문장이 강조하고 있는 바가 내용과 형식의 조화만은 아닐 것이다. 진수眞水여야 하고 진차眞茶여야 한다는 주장이 우뚝하지 않은가. 비율과 조화 이전에 생각이 바르고 말이 어긋나지 않아야 한다는 것. 바르지 않은 생각으로 바른말을 할 수 없고, 어긋난 말로 바른 생각을 전할 수 없다는 것.

환한 어둠

1

5일이 되면 그녀는 어김없이 기차역으로 간다. 5일은 남편이 돌아오는 날이기 때문이다. 문화혁명 시기에 반동으로 몰려 붙잡혀간 남편이 복권되면서 돌아온다는 날이 5일이다. 장이머우 감독의 영화 〈5일의 마중〉(2014) 이야기다. 공리가 연기한 평완위는 그러나 집에 돌아온 남편 류옌스를 알아보지 못한다. 남편에 대한 죄책감이 그녀의 기억장애 원인으로 암시된다. 그녀는 수용소를 탈출해서 집을 찾아온 남편에게 문을 열어주지 않은 적이 있었다. 감시와 처벌에 대한 두려움 때문이기도 했지만 무엇보다 딸의 장래를 걱정해서 그랬다. 남편은 그녀의 눈앞에서 잡혀 끌려가고, 그날 이후 자책감에 사로잡힌 그녀는 문을 닫지 않고 지낸다. 남편이 언제 다시 올지 모른다는 생각을 했을까. 그녀의 기다림은 아마 그때부터 시작되었을 것이다.

이미 왔지만 알아보지 못하는 펑완위에게 류옌스는 오지 않은 것과 같다. 그녀가 확실하게 아는 것은 남편이 5일에 온다는 것이다. 그녀는 이달 5일에 기차역에 도착할 거라는 류옌스의 편지를 받았고, 그러므로 남편을 맞기 위해 그날이 되면 기차역으로 간다, 가야 한다. 5일은 한 달에 한 번씩 돌아오고, 그녀는 한 달에 한 번씩 어김없이 기차역으로 간다. 평생을 그렇게 하며 늙어간다. 이미 와서 그녀 곁에, 그러나 다른 사람으로 있는 남편이 그 마중에 동행한다.

펑완위의 마중은 끝나지 않는다. 5일이, 한 달에 한 번씩, 끊임없이 돌아오기 때문이다. 5일이 끝없기 때문이다. 끝없는 반복이 시간의 운동 방식이다. 물론 지나간 5일(들)이 다시 돌아오는 것은 아니다. 다가오는 5일은 새로운, 다른 5일이다. 지나간 5일은 지난달 5일이고, 새로 오는 5일은 이번달 5일이다. 그러나 지난달 5일도 그날이 오기까지는 이번달 5일이었다. 지나간 5일도 새로운 5일이었다.

'새롭다'는 지금까지 있은 적이 없는 것이 출현할 때 쓴다. '돌아오다'는 누군가, 혹은 무엇인가가 원래 있던 곳으로 다시 온다는 뜻이다. 그러니까 '새롭다'와 '돌아오다'는 같이 쓸 수 없다. 새로운 것은 돌아올 수 없다. 다만 나타날 뿐이다. 그런데 우리는 아침이 돌아왔다, 라고 하고, 봄이 돌아왔다, 라고 쓴다. 더 직접적으로, 새아침이 돌아왔다, 새봄이 돌아왔다, 라고 말하기도 한다. 모순이다. 오늘 맞이하는 아침은 어제 아침과 같은 아침이 아니다. 올해 봄은 지난해 봄의 복사본이 아니다. 지금까지 있은 적이 없던 것이 다시 올 수 없다. 이전에 있었던 어떤 것만 다시 올 수 있다. 돌아올 수 있다.

그렇지만 우리의 시간 인식은 이 문장에서 모순을 느끼지 못한다. 있어본 적 없는, 전혀 새로운 시간이 다시 돌아온다. 오늘 아침은 지금까지 있어본 적 없는 새것이지만, 그러나 또한 다시 돌아온 것이다. 이번달 5일은 우리 인생에서 처음 맞이하는 것이지만, 그러나 또한 다시 돌아온 것이다. 우주의 시간은 직선으로 곧장 흐르지만, 그래서 같은 물에 두 번 발을 담그는 것이 불가능하지만, 인간의 시간은 끝없이 반복하고 되풀이하며 흐른다. 그래서 우리는 같은 시간에 수없이 자주 발을 담근다. 추억이 영원하고, 놓친, 잃어버린 기회를 다시 잡는 것이 가능한 것이 그 때문이다.

그러니 기다림을 멈출 수 없다. 새로운 5일이 늘 다시 돌아오니 마중을 가지 않을 수 없다.

고도를 기다리는 블라디미르와 에스트라곤에게 소년은 고도가 내일 온다고 전한다.

> 블라디미르: 고도 씨의 말을 전하러 왔느냐?
>
> 소년: 예.
>
> 블라디미르: 그이는 오늘 저녁에 안 오지.
>
> 소년: 안 오십니다.
>
> 블라디미르: 그러나 내일은 오지.
>
> 소년: 예.
>
> 블라디미르: 틀림없이.
>
> 소년: 예.
>
> (사뮈엘 베케트, 『고도를 기다리며』)

고도가 오늘 오지 않을 거라는 소년의 전갈은 1막 끝부분과 2막 끝부분에 반복해서 나온다. 아마 3막이 있다면 거기서도 여지없이 등장할 거라고 추측할 수 있다. 고도는 내일 온다. 내일은 오지 않는 시간이다. 내일에 이르렀다고 깨닫는 순간,

그 시간은 오늘이 된다. 내일은 정복되지 않는다. 사람이 '앞'에 도달할 수 없는 것처럼 내일에 이를 수 없다. '앞'은 항상 앞에 있고, 아무리 빨리 달려가도 여전히 앞에 있다. 앞에 이른 순간 그곳은 여기가 되고, 여기 앞에는 다시 앞이 있다. '앞'은 항상 앞에 놓인다. '앞'은 도달할 수 없는 지점이다. '내일'은 도착할 수 없는 시간이다. 내일 오는 고도는 만날 수 없다. 블라디미르와 에스트라곤의 기다림이 한없이 연기되고 그 기다림이 일생이 되는 것은 불가피하다. 그들이 기다리는 것이 내일이기 때문이다.

〈5일의 마중〉의 펑완위나 『고도를 기다리며』의 두 주인공은 일생이 기다림인 사람들이다. 고도가 오지 않을 거라면 기다릴 이유가 없다. 그러나 고도는 올 것이다. 고도는 내일 올 것이고, 그러니 그들은 기다리지 않을 수 없다.

에스트라곤이 묻는다. "우린 이제 무엇을 할까?" 블라디미르가 대답한다. "고도를 기다리지." 이 문답이 수없이 반복된다. "우리는 무엇을 할까?" "고도를 기다리지."

고도를 기다린다는 것 말고 확실한 것은 아무것도 없다. 그들이 아무 일도 하지 않는 건 아니다. 기다리는 동안 그들은 연극을 하고 노래를 하고 목을 매달고 생각하고 실없는 말을 주고받는다. 그렇지만 그 모든 일은 고도를 기다리는 동안, 기다리면서 하는 일이다. 기다리기 위해 하는 일이다. 기다림의 수단으로 하는 일이다. 기다림이 그들의 일이다. 그 모든 것이 기다리는 일의 일부이다. 기다리는 것 말고 그들이 정말로 하는 일은 없다.

류엔스가 오지 않을 거라면 기다릴 이유가 없다. 그러나 그는 올 것이다. 온다고 했으니 올 것이다. 그는 5일에 올 것이고, 그러니 평완위는 기다리지 않을 수 없다.

사람들이 말한다. 남편은 이미 왔다. 저이가 류엔스다. 그러나 그녀는 말한다. 남편은 5일에 온다. 5일에 오는 이가 그이다. 류엔스가 5일에 온다는 것 말고 확실한 것은 아무것도 없다. 그녀 역시 아무 일도 하지 않는 건 아니다. 그렇지만 그녀가 하는 모든 일은 남편을 기다리는 동안, 기다리면서 하는 일이다. 기다리기 위해 하는 일이다. 기다림의 수단으로 하는 일이다. 기다림이 그녀의 일이다. 그녀가 하는 모든 것이 기다리는 일의 일부이다. 기다리는 것 말고 그녀가 정말로 하는 일은 없다.

평완위는 남편을 기다리고 사뮈엘 베케트의 주인공들은 고도를 기다리지만, 디노 부차티의 병사들은 타타르인들을 기다린다. 국경을 마주한 요새에 머물며 사막 너머 북쪽에서 쳐들어올 이민족을 기다리는 병사들은 이탈리아 작가 디노 부차티의 소설 『타타르인의 사막』에 나온다. 이들은 오래전에 전투에서 패한 타타르인들이 사막 너머 북쪽 땅 어딘가에 진을 치고 있으며 언제인지 모르지만 다시 침략해올 거라고 믿는다. 타타르인이라니! 전설이나 신화, 까마득한 과거를 상기시키는 이 과거의 종족들이 시간을 거슬러 다시 온다는 생각을 어떻게 할 수 있단 말인가. 의아하고 이상하지만 그들은 타타르인들을 기다린다.

타타르인들은 나타나지 않는다. 그러나 타타르인들이 올 거라는 믿음은 철회되지 않는다. 이 믿음은 세대를 거쳐 유전되고 시간과 함께 두터워진다. 오지 않는 미지의 적을 기다리며 어떤 사람들은 이 오지의 요새에서 평생을 보낸다.

올 타타르인들은 그들이 요새를 지키는 이유이고, 오지 않는 타타르인들은 그들이 계속 요새를 지키는 이유이다. 타타르인들은 와야 하고, 오지 않아야 한다. 타타르인들은 요새의 병사들이 그곳을 지키기 위해 (언젠가) 와야 하고, 요새의 병사들이 그곳에 계속 있기 위해 (언제까지) 오지 않아야 한다. 고도를 기다리는 이들에게 고도가 와야 하고, 오지 않아야 하는 것처럼 타타르인들 역시 요새의 병사들에게 와야 하고 오지 않아야 한다. 오지 않는다면, 오지 않는다는 것이 확실하다면 그들은 기다리지 않을 것이고, 오고 난 다음에는 그들은 기다릴 이유가 없을 것이다. 기다림을 위해 그들은 와야 하고 또 오지 않아야 한다.

기다림이 삶의 일부가 아니라, 기다림이 곧 삶이다. 그들은 어떤 삶(타타르인들과의 전투)을 기다리지만, 실은 어떤 삶을 기다리는, 그것이 곧 삶이다. 기다리면서 일생을 산다.

카프카의 메시지는 훨씬 간명하고 단호하다. 한 사람이 법法으로 들어가게 해달라고 청하는데 법을 지키는 문지기는 허락하지 않는다. 들어갈 수 있느냐는 물음에, 그럴 수는 있지만 지금은 안 된다고 대답한다. 이 사람은 문지기를 뚫고 들어갈 생각도 해봤으나 이내 문지기의 위세에 눌려 허가를 받을 때까지 기다리는 편을 택한다. 그도 그럴 것이 '타타르인 같은 턱수염'을 가진 문지기의 위세가 워낙 '막강'하기 때문이다. 이 막강한 문지기의 말에 의하면, 이 문을 통과한다고 해도 방마다 문지기가 지키고 있는데, 갈수록 힘센 문지기를 만나야 하고, 세번째 문지기만 해도 자기도 쳐다볼 수 없을 정도라고 한다. 그러니 기다림을 선택할 수밖에 없다. 그는 받아들여질 때까지 법 앞에서 기다린다. 카프카의 우화 「법 앞에서」이야기다.

그의 기다림은 죽는 순간까지 이어진다. 죽음을 앞둔 시점
이 되어서야 그는 힘들게 묻는다. "나 말고는 이 문으로 들어
가려는 사람이 없으니 어쩐 일이지요?" 그 사람이 곧 임종하
리라는 사실을 알아차린 문지기는 대답한다. "이 문은 오직 당
신만을 위한 것이었으니까." 그리고 곧 문이 닫힌다. 그의 기
다림은 죽음에 이르러 끝난다. 삶이 곧 기다림이라는 사실을
이보다 더 잘 말하기는 어렵다.

사람은 자기에게 주어진 삶을 산다. 사람은 자기에게 허락
된 기다림을 산다.

2

기다림은 그냥, 가만히, 아무것도 하지 않는 것이 아니다.
기다림은 무위와 관계없다. 오히려 기다림은 에너지가 많이
소모되는 적극적인 행위이다. 말하자면, 노동. 기다리는 사람
은 기다리는 일을 하느라고 그가 할 수 있는 다른 많은 일을
하지 못한다. 그가 할 수 있는, 그러나 그가 하지 않은 일들 가

운데는 큰일도 있고 작은 일도 있다. 예민한 일도 있고 대범한 일도 있다. 사소한 일도 있고 대단한 일도 있다.

롤랑 바르트는 연인의 전화를 기다리는 사람이 처한 상황에 대해 묘사함으로써 기다림의 '일'을 강조한다. "나는 방에서 나갈 수도, 화장실에 갈 수도, 전화를 걸 수도(통화중이 되어서는 안 되므로) 없다. 그래서 누군가 전화를 하면 괴로워하고(똑같은 이유로 해서), 외출해야 할 시간이 다가오면 거의 미칠 지경이 된다."(『사랑의 단상』) 기다리는 사람은 움직이지 말라는 명령을 받은 사람에 비유된다. 그는 움직이지 못한다. 그러니까 이 부동은 그가 할 수 있는, 해야 하는 다른 많은 움직임과 그 질량이 같다. 그가 할 수 있는, 하지 않은 일들을 할 때 필요한 에너지가 그의 기다림에 쓰인다. 그러니까 기다리는 일은 기다리느라고 그가 하지 않은/못한 모든 일과 등가이다. 기다리는 데는 힘이 많이 든다. 기다리는 데는 아주 많은 에너지가 필요하다.

말하자면 기다리는 사람은 가만히 있지 못하고 기차역으로 마중나간다. 맞으러 가는 사람은 기다리는 일을 하고 있는 사람이다. 황지우는 '너를' 기다리는 것이 '너에게' 가는 것임을 벌써 말했다. 사랑하는 사람을 기다려본 사람은 안다. 사랑하는 사람을 기다리는 동안 모든 발자국에 가슴이 쿵쿵거리고, 바스락거리는 나뭇잎에도 신경이 곤두선다. 문을 열고 들어오는 모든 사람이 그 사람인 것 같아서 가만히 있을 수가 없다. 그래서 "오지 않는 너를 기다리며/ 마침내 나는 너에게 간다"고 시인은 고백한다. "남들이 열고 들어오는 문을 통해/ 내 가슴에 쿵쿵거리는 모든 발자국 따라/ 너를 기다리는 동안 나는 너에게 가고 있다".(「너를 기다리는 동안」) 기다리는 사람은 맞으러 가는 사람이다. 가만히 있을 수 없는 사람이다. '기다리는 동안'에 기다리는 사람이 하는 일이 그것이다.

평생 동안 문지기가 내준 의자에 앉아 있었던, 카프카의 저 「법 앞에서」의 시골 사람도 아무것도 하지 않고 있었던 것은 아니다. 안으로 들어가는 걸 허락받으려고 여러 가지 시도를 해보고 문지기에게 부탁하기도 했다고, 그래서 문지기를 지치게 했다고 카프카는 알려준다. 문지기는 이 사람 때문에, 이 사람이 한 일들 때문에 지칠 정도가 되었다고 한다. 그는 가만히 있지 않았다. 그가 한 여러 가지 시도 가운데 하나로 카프카는 이 사람이 자기가 가진 값나가는 것을 다 주면서 문지기를 매수하려 했다는 일화를 소개한다. 물론 이 사람의 시도는 성공하지 못한다. 문지기는 그가 주는 값나가는 것을 다 받으면서도, 안으로 들어가는 것은 허용하지 않는다. 다만 문지기는 이렇게 말한다. "받아두기는 하지만, 그건 다 당신이 뭔가 해볼 수 있는 일을 다 해보지 못했다는 생각이 들지 않도록 하기 위해 받아두는 거예요." 문지기의 이 말 속에서 우리는 법 안으로 들어가기를 원하는 이 사람이 정말로 자기가 할 수 있는 일을 다 했다는 걸 알아차린다. 그는 문지기가 제공한 의자에 가만히 앉아 있기만 한 것이 아니라 그가 할 수 있는 모든 일을 했다. 문이 열리기를 막연히 기다리기만 한 것이 아니라 문이 열리게 하려고 무언가를 했다. 삶을 살았다. 그것이 그가 기다리는 방법이었다. 기다림은 삶과 분리되지 않는다.

신랑을 기다리는 열 명의 들러리에 대한 이야기가 있다.(마태복음 25:1-3) 이들은 결혼식이 시작되면 신부를 에스코트하여 신랑집까지 행진하도록 선택되었다. 들러리들은 각자 등불을 마련하고 신부를 데리러 올 신랑을 기다린다. 그런데 신랑의 도착이 늦어진다. 한밤중이 되어도 오지 않자 기다리다 지친 열 명의 들러리들은 모두 잠이 든다. 이 이야기를 들려주면서 예수는 들러리들이 지쳐 잠든 것을 문제삼지 않는다. 그가 문제삼는 것은 다른 데 있다. 그는 열 명의 들러리들을 두 그룹으로 나눠 소개한다. 한 그룹은 등불과 함께 기름을 충분

히 준비했고, 다른 그룹은 등불에 들어갈 기름을 충분히 준비
하지 못했다. 신랑이 예정대로 도착했다면 아마 문제가 없었
을 것이다. 기름을 준비하지 않은 사람은 없었으니까. 충분히
준비하지 않은 사람들이 있었을 뿐이다. 그리고 그것이 문제
가 되었다.

신랑은 올 거라고 기대하는 시간에 오지 않았고, 기다림은
연기되었다. 기다림은 언제나 연기된다. 우리가 기다리는 사
람은 언제나 우리가 기대하는 시간보다 늦게 온다. 카프카는
사람들이 기다리는 메시아가 와야 할 날보다 하루 늦게 올 것
이라고 말했다. 마지막날이 아니라 가장 마지막날 올 거라고
말했다. '오지 않는다'가 아니다. "메시아는 올 것이다." 언제
나 예정하고 기대하는 날보다 늦게 온다는 것이다. 기다리는
사람은 '와야 할 날' 이후를 기다려야 한다는 것이다. 그러지
않으면 만날 수 없다는 것이다. '와야 할' 시간까지만 기다린
다섯 명의 들러리들은 그것을 몰랐다. 그래서 어리석은 사람
들이 되었다.

제때에 도착하는 기다림은 없다. 아무리 빨리 와도 내가 기
다리는 사람은 항상 늦는다고 롤랑 바르트는 말한다. 그것은
내가 항상, 어쩔 수 없이 일찍 도착하기 때문이다. 그러니까

기다리는 사람에게 '제때'는 정해져 있지 않다. '와야 할' 시간은 없다. 기다리는 사람은 자기가 기다리는 사람이 제때에 오지 않으리라는 것, 예정된 일이 예정대로 이루어지지 않으리라는 사실을 염두에 두어야 한다. 그것이 기다림의 속성이기 때문이다. 여분의 기름을 준비하지 않은 이들은 기다림의 이 속성, 기다림에 '제때'란 없고, 예정대로 이루어지지 않을 가능성이 포함된다는 사실을 몰랐기 때문에 어리석다. 기다리는 사람은 기다림이 한없이 지연될 것을 알고 대비해야 한다. 기다림을 삶으로 받아들여야 한다.

3

기다리는 이가 오지 않은 것은, '아직' 오지 않은 것이다. 기다리는 일이 일어나지 않은 것은 '아직' 일어나지 않은 것이다. 지금 오지 않았고 여태 이루어지지 않았다고 해서 온다는 약속, 일어날 것이라는 예정이 폐기되는 것은 아니다. 올 때까지 '아직' 오지 않은 것이고, 일어날 때까지 '아직' 일어나지 않은 것이다. 그러니까 기다리지 않을 수 없다. 그런데 〈5월의 마중〉을 참고해서 말하면, '아직' 오지 않은 그 사람은 실은

'이미' 와 있다. 평완위는 '아직' 오지 않은 류엔스를 기다린다. 그러나 류엔스는, 우리는 안다. '이미' 왔다. '이미' 와서 그녀 곁에, 그녀와 함께 있다. '이미' 온 그가 '아직' 오지 않은 그를 기다리는 그녀와 함께 기차역에 마중 가고, 마중 가서 같이 기다린다. 그를 기다리는 그녀의 기다림에 함께한다.

종말론적 사유에 의하면, 메시아는 '이미' 왔고, '아직' 오지 않았다. 이미 온 메시아는 '아직' 오지 않은 메시아를 기다리는 사람들 속에서, 그들과 함께, 기다린다. 카프카의 그 이상한 문장, "메시아는 마지막날에 오지 않고, 가장 마지막날에 올 것이다"는 이것을 정확히 가리킨다. 유대 기독교 전통에 의하면, 마지막은 메시아의 시간이다. 세상이 마지막이 되었다는 건 메시아가 '이미' 왔음을 전제한다. 마지막(종말)은 메시아의 출현과 함께 시작되기 때문이다. '이미' 온 메시아와 함께 시작된 마지막은 '아직' 오지 않은 메시아의 도래에 의해 완성될 것이다. 마지막이 마지막을 맞을 것이다. 메시아를 기다리는 사람의 시간은 '이미'와 '아직' 사이에 있다.

에세네파는 유대 광야 쿰란에 공동체를 이루며 살았다. 이들은 세속의 번잡함을 피해 사람이 살지 않는 광야로 들어갔

다. 종말론적 믿음을 가지고 있었던 이들은 이 세상에 대한 희
망을 접고 곧 임할 다른 나라를 기다리며 살았다. 규율은 엄격
했고 노동과 독서와 예배가 일상이었다.

이 세상에 대한 절망이 다른 세상에 대한 꿈을 꾸게 한다.
다른 세상에 대한 꿈을 꾸기 위해서는 이 세상의 마지막을 먼
저 선언해야 한다. 그 광야의 동굴 속으로 들어갔을 때 그들은
이미 마지막 시간을 살기 시작했다. 그런데 그들은 그곳에서
마지막을 기다렸다. 마지막을 살면서 마지막을 기다렸다. 그
들이 기다리는, 와야 할 마지막은 아직 오지 않았기 때문이다.

그들이 마지막을 기다리며 한 일 가운데 가장 중요한 것은
성경 필사였다. 그들은 양피지에 성경을 필사했다. 그것이 그
들의 믿음의 표현이었고, 기다림의 방법이었다. 잃어버린 염
소를 찾아 헤매던 한 베두인 목동에 의해 1947년 처음 모습을
드러낸 이들의 거주지에서 원본 그대로 보존된 성경 사본 두
루마리가 다수 발견되었다. 물론 다른 것도 있었다. 여러 개의
물 저장소와 수로, 창고, 작업장, 그리고 무덤 등이 나왔다. 그
들은 그곳에서 '살았다'. 삶을 버린 것이 아니라 살았다. 물을
끌어들이고, 농사를 짓고, 성경을 필사하고, 무엇보다 기다렸
다. 기다리면서 살았다. 기다림에는 '제때'가 따로 없으니까,
언제든 지연되고 연기될 수 있으니까, 그것이 기다림의 속성

이니까, 여분의 충분한 기름이 필요하다는 걸 그들은 알았다. 그들은 그것으로 그들이 '이미' 온 마지막을 살면서 '아직' 오지 않은 마지막을 기다리는 사람들임을 증명했다. 기다림은 삶이었고, 삶은 기다림이었다. 기다림과 삶은 구분되지 않았다.

기다리지 않는 사람들이 있다. 기다릴 필요를 느끼지 않는 사람들이 있다. '자기들이 받을 상을 이미 받은' 사람들이다. 내일에 미리 도착한 사람들이다. 내일은 일어나지 않은 일의 시간이다. 일어나면 현재가 되는 그 일이 아직 일어나지 않은 시간에 붙여진 이름이 내일이다. 기다림이 완성되면 내일은 현재가 된다. 내일을 현재로 만든 사람들, 내일을 현재로 만들어 내일을 없앤 사람들, 내일을 기다리지 않고 현재가 영원하기를 바라는 사람들에게는 메시아가 필요하지 않다. 기다림을 제거한 이들, 그들은 기다리지 않고/못하고 만끽한다.

카프카는 인간이 조급함 때문에 낙원에서 추방되었고 게으름 때문에 낙원으로 되돌아가지 못한다고 말했다가, 곧 자기 문장을 수정한다. 그는 중요한 죄는 단 하나라고 고쳐 말한다. "조급함 때문에 그들은 추방됐고, 조급함 때문에 돌아가지 못한다." 조급함 때문에 추방된 인간은 조급함 때문에 다시 들어가지 못한다고 한다. 기다리지 못해서 낙원에 들어가지 못한다고 한다. 어쩌면 기다리지 못해서, 저기/내일이 아니라 여기/현재에 낙원을 만든 것일지도 모른다. 혹은 기다리지 않기위해서. '천년이 하루 같고 하루가 천년 같은' 신의 시간에 익숙하지 않아서 인간은 대개 기다리는 데 실패한다.

4

바로 그 순간, 그의 내면 깊숙한 곳에서 새로운 생각이, 분명하고 무서운 한 생각이 떠올랐다. 죽음이었다.

오로지 오지 않는 적들을 기다리며 삼십 년의 세월을 요새에서 보낸 『타타르인의 사막』의 주인공 드로고는 정작 타타르인들이 요새를 향해 다가오고 있다는 소식을 듣는 순간 그곳을 떠난다. 병에 걸려 몸을 가누기 어려워진 그에게 요새의 병사들은 당장 떠나라고 명령한다. 평생을 기다려온 적들을 마주하기 직전인데, 떠나라고? 쫓아버리겠다고? 평생의 기다림을 무의미하게 만드는 그 조치에 따를 수 없어서 분노하지만,

그러나 그는 떠나지 않을 수 없다. 그는 병에 걸렸고 싸울 능력이 없기 때문이다. 그가 기다릴 때 적들은 오지 않았고, 적들이 왔을 때 그는 요새를 떠나야 했다. 타타르인들이 요새를 쳐들어오다니, 정말일까? 이런 질문이 생기는 건 당연하다. 드로고는 요새를 떠났으므로 모르고, 우리도 요새를 떠난 그를 따라왔으므로 모른다. 디노 부차티는, 모른 채 두려고 그를 떠나게 했는지 모른다.

그리고 이제 어느 작은 여관 침대에 홀로 남은 우리의 주인공은 어느 순간 문득, 죽음이 그를 향해 오리라는 걸 예감한다. 그의 내면 깊숙한 곳에서 떠오른 무섭고 새로운 생각, 그것은 죽음이었다. 어쩌면 그는 비로소, 자기가 그렇게 오랫동안 기다려온 타타르인의 진짜 얼굴을 본 것이리라. 이제 그는 죽음을 기다리는 사람이 된다.

죽음만큼 오리라는 사실이 확실한 것은 없다. 죽음만큼 오리라는 사실이 확실하면서도 언제 올지 확실하지 않은 것도 없다. 죽음이 오리라는 건 부정할 수 없고, 죽음이 언제 올지는 확신할 수 없다. 죽음만큼 지연되고 연기되는 것은 없다. 죽음만큼 느닷없이 찾아오는 것도 없다. 대개 죽음은 지연되고 연기되지만, 그러나 죽음이 닥치는 순간은 누구에게나 갑작스럽다. 누구에게나 예기치 않은 순간에 죽음은 온다. 죽음은 게으르고, 동시에 즉흥적이다. 요컨대 종잡을 수 없다. 죽음은 올 때까지 오지 않는다. 그러나 아무리 늦어져도 언젠가는 온다. 늦어질 뿐 철회되지는 않는다. 죽음은 신실해서 온다는 약속을 파기하지 않는다. 다만 오는 시간을 우리가 모를 뿐이다. 신랑은 올 것이다. 늦더라도 오지 않을 수는 없다. 다만 언제 올지 모를 뿐이다. 고도는 올 것이다. 그러나 오기 전까지는 오지 않는다.

고도는, 신랑은, 메시아는, 류엔스는, 죽음은, 아마 내일 올 것이다. 우리는 내일을 기다릴 수 없다. 내일은 오지 않기 때문이다. 우리는 내일을 기다리는 것이 아니라 내일 올 고도, 신랑, 메시아, 류엔스, 죽음을 기다린다. 기다리는 이들이 오면 내일은 현재가 될 것이다. 내일 살 수 있는 사람은 없다. 내일은 고정되어 있지 않고, 확정되어 있지도 않다. 내일은 멀기도 하고 가깝기도 하다. 한없이 늘어나기도 하고 느닷없이 닥치기도 한다. 우리는 그 멀기와 가깝기를 가늠할 수 없다. 우리는 내일의 주민이 아니다.

우리는 죽음의 순간에 이르러서야 우리가 기다린 것이 실은 죽음이었음을, 죽음이라는 것을 몰랐을 뿐이었음을 깨닫게 된다. 고도를 기다리는 이들은 고도가 누구인지 모른다. 고도가 누구인지 모른 채로 고도를 기다린다. 요새의 군인들은 그들이 기다리는 타타르인들에 대해 모른다. 모른 채 타타르인들을 기다린다. 고도가, 타타르인들이 언제 올지 모르는 것처럼, 모를 뿐만 아니라, 그들이 누구인지도 모른다. 모른 채로, 기다린다. 모른 채로 그들을 기다린 줄 안다. 그들이 기다린 고도가, 타타르인이 실은 죽음이라는 걸 모른다. 몰랐다는 걸 죽음 앞에서야 깨닫는다.

법의 문 앞에서, 법으로 들어가려고 평생을 기다린 사람이 정말로 기다린 것은 무엇이었을까? 늙고 쇠약해져 잘 듣지도 보지도 못하게 된 이 사람의 마지막에 대한 카프카의 서술은 이러하다.

그런데 이제 어둠 속에서 그는 분명하게 알아본다. 법의 문들로부터 꺼지지 않고 비쳐나오는 사라지지 않는 한줄기 찬란한 빛을. 이제 살날이 얼마 남지 않은 것이다. 죽음을 앞두고 그의 머릿속에서는 그때까지의 모든 경험이, 그가 지금껏 문지기에게 던져보지 못한 하나의 물음으로 집약

된다.

　시력이 약해져 잘 볼 수 없게 된 그의 눈에, '어둠 속에서' 이제야 비로소 법의 문들로부터 비쳐나오는 한줄기 찬란한 빛이 보인다. 그 빛은 직전까지 보이지 않았다. 없던 빛이 갑자기 나타났는지 전부터 있었는데 보지 못했는지 분명하지 않다. 어느 쪽이든, 중요한 것은 그동안 보지 못했거나 볼 수 없었던 빛을 보게 되는 어떤 순간이 있다는 것이다. 그 순간을 그가 마침내 맞고 있다는 것이다. 지금은 구리거울로 보는 것처럼 희미하지만, 얼굴과 얼굴을 마주하는 것처럼 완전하게 알게 되는 순간이 온다고 바울은 말했다. 깨달음이 그렇게 갑자기, 비로소 온다. "이제 살날이 얼마 남지 않은 것이다." 모호하고 불분명했던, 그 사람의 평생에 걸친 기다림의 실체가 밝혀지는 순간이다. 그 순간, 삶의 모든 경험이 하나의 큰 질문으로 압축된다. 삶의 시간에 경험한 숱하게 많은 크고 작은 일들이 모두 하나의 큰 질문을 위한 것이었다.

　죽음은 대답이 아니라 하나의 큰 질문이다. 마지막 순간에 오는 깨달음은 질문의 형식으로 온다. 죽음은, 유일한 질문이다. 삶의 모든 경험이 바쳐져서 만들어낸 단 하나의 질문이다. "나 말고는 아무도 들여보내달라는 사람이 없으니 어쩐 일이

지요?" 문지기는, 이 입구는 오직 당신만을 위한 것이었다고 대답한다. '당신만을 위한 삶'은 없다. 오직 '당신만을 위한 죽음'이 있을 뿐이다.

5일마다 되풀이되는 마중의 어느 순간에, 그녀 역시, 법의 문 앞의 그 사람이 그런 것처럼, 문득 "꺼지지 않고 비쳐나오는 사라지지 않는 한줄기 찬란한 빛을" 볼 것이다. 아마 그럴 것이다. 요새를 떠나 허름한 시골 여관에 누운 드로고가 그랬던 것처럼, 어느 순간, "내면 깊숙한 곳에서, 새로운 생각이, 분명하고 무서운 생각이" 불쑥 떠오르는 경험을 할 것이다, 라고 우리는 예언할 수 있다. 삶의 모든 경험을 통해 그녀가 기다린 것이 죽음이었음을 모를 수 없을 거라고.

5

그런데 그 빛 가운데 드러난 분명한 얼굴인 죽음은 커다란 질문, 삶의 온 경험이 뭉쳐 이루어진 하나의 큰 의문부호여서, '환한 어둠' 가운데 자리한다. 죽음은 답이 아니라 질문이다. 그 질문은 환한 어둠에 의해 드러난다. 환한 어둠이라니! 눈앞이 캄캄해도 볼 수 없지만, 눈앞이 하얘도 볼 수 없다. 불가지론자가 될 수밖에 없는 이유이다.

꿈과 해석

1

가이사가 랍비 여호수아 벤 하나니아에게 와서 말했다. "당신의 백성들은 당신이 매우 현명하다고 생각하니 내가 꿈에서 무엇을 볼 것인지 내게 말하라." 랍비가 대답했다. "당신은 페르시아 사람들이 당신을 왕의 군대에 소집하고, 사로잡아 황금 지팡이로 돼지를 돌보게 하는 것을 볼 것이다." 가이사는 온종일 이에 대해 생각했고, 밤에 자기 꿈에서 그것을 보았다.

『탈무드』에 나오는 이야기다. 같은 책에는 페르시아 왕 샤푸르도 등장한다. 그 역시 랍비(쉬무엘)에게 자기가 꿈에서 무엇을 볼지 말하라고 요구한다. 랍비는, 로마 사람들이 그를 사로잡아 금으로 된 방아로 건축용 돌을 부수게 하는 것을 꿈에 볼 거라고 말한다. 왕은 온종일 이에 대해 생각했고, 밤에 자기 꿈에서 그것을 보았다고, 『탈무드』는 보고한다.

자기가 꿀 꿈을 알아맞히라니! 로마와 페르시아 권력자의 이 요구는 터무니없다. 누구도 아직 꾸지 않은 꿈에 대해 말할 수 없다. 자기가 어젯밤에 꾼 꿈의 내용을 말하라고 요구한 권력자는 있었다. 이 역시 황당하지만, 그래도 앞으로 꾸게 될 꿈을 알아맞히라는 요구보다는 덜 황당하다. 이 권력자의 이름은 바빌로니아 제국의 왕 느부갓네살이다. 다니엘서를 보면, 왕은 잠에서 깨어난 후 간밤에 꾼 꿈 때문에 마음이 심란해서 제국의 모든 마술사와 주술가, 점쟁이와 점성가 들을 부른다. 자기가 어떤 꿈을 꾸었는데 내용은 생각나지 않고 불안하기만 하니 대체 그 꿈이 무엇인지 알아내라는 것이 절대군주의 명령이다.

'내가 꾼 꿈을 내게 말하라.' 이 요구가 합당하지 않다는 건 누구나 안다. 그 시절의 마술사와 주술가와 점쟁이와 점성가 들도 알았다. 꿈이야말로 지극히 내밀하고 사적인 영역의 일이기 때문이다. 꿈의 내용은 꿈을 꾼 사람을 제외한 모든 사람에게는 봉인된다. 그들은 왕에게 말했다. "임금님이 꾼 꿈의 내용을 말씀해주시면 저희가 해몽해드리겠습니다." 마술사와 주술가와 점쟁이와 점성가 들의 반응은 이것이다. '당신이 꾼 꿈은 당신이 말해야 한다.' 이들은 해몽이 자기들의 일임을 밝힌다. 해몽은 꿈이라는 재료를 전제한다. 꿈 없이 해몽이 있을 수 없다. 이들이 현자로 통한 것은 꿈을 해석할 줄 알았기 때문이지 남이 무슨 꿈을 꾸었는지 알아맞히는 능력이 있었기 때문이 아니다.

꿈의 언어는 은유와 상징으로 가득차 있는 텍스트이다. 현명함은 은유와 상징을 해석하는 과정에 나타난다. 꿈/텍스트를 제시하면 현자는 해몽/해석을 통해 그들의 현명함을 발휘할 것이다. 그러니 왕은 꿈을 내놓고 해석을 구해야 한다. 그러나 느부갓네살왕은 자기가 꾼 꿈을 기억하지 못하고, 그래서 그 꿈의 내용과 해몽을 함께 요구한다. 왕은 완고하고 단호하다. 너희들이 현자라면 왕인 자기가 꾸고도 기억하지 못하는 꿈의 내용까지 알아내야 하지 않느냐고 다그친다. 그러지 않으면 죽을 거라고 위협한다. 이 왕은, 세상의 모든 권력자가 그렇듯 무모하고 비정하다.

그렇지만 터무니없는 권력자 느부갓네살도 자기가 꾼, 꾸었지만 그 내용이 생각나지 않는 꿈이 무엇인지 물었지, 자기가 아직 꾸지 않은, 앞으로 꾸게 될 꿈의 내용을 묻지는 않았다.

'내가 꿀 꿈을 내게 말하라.' 이 요구는 '내가 꾼 꿈을 내게 말하라'라는 것보다 훨씬 더 황당하다. 꾼 꿈을 말하는 것은 사실과 기억에 대한 것이다. 그러나 꿀 꿈을 말하는 것은 예언에 대한 것이다. 꿈을 꾼 한 사람을 제외한 모든 이에게 밀봉되는 꿈의 속성상 진위를 공개적으로 확인하는 것이 불가능하기 때문에 이 예언은 한층 고약하다. 누가 무슨 꿈을 꾸게 될지 어떻게 알아맞힌단 말인가! 꿈을 신이 보낸 연애편지라고도 한다. 그러나 신이 편지를 쓰기 전에 어떤 내용이 적힐지, 신이 아니고서야 어떻게 알 수 있단 말인가. 미래로 가서 보고 돌아와야 하는데 그것은 가능한 일이 아니다.

그런데 『탈무드』의 이 랍비들은 왕들이 꿈에 볼 내용을 알아맞혔다. 어떻게 그럴 수 있었을까? 어떻게 적국의 군대에 소집되어 돼지를 돌보거나 적군에 사로잡혀 건축용 돌을 부수는 노역을 하는 꿈을 꾸게 될 거라고 말할 수 있었을까? 랍비들의 영험함, 혹은 신비스러운 능력에 대해 말하는 예화가 아니라는 건 분명하다. 현명함이라면 몰라도 영험함은 아니다.

가이사와 샤푸르왕이 랍비가 이야기해준 대로 꿈을 꾼 것은 랍비들에게 신의 뜻을 꿰뚫어보는 능력이 있어서가 아니다. 실제로 그들에게 그런 능력이 있었는지 모르지만 이 문서에 그런 언급은 없다. 강조점이 거기 있지 않다는 뜻이다. 『탈무드』는 다른 점을 강조한다.

왕들은 랍비의 이야기를 듣고 온종일 그 이야기를 생각했고, 밤에 자기 꿈속에서 그것을 보았다. 랍비로부터 이야기를 들었기 때문이다. 아니다. 들었기 때문이 아니라, 랍비들의 이야기를 '온종일 생각'했기 때문이다. 예언이 어떻게 성취되는지 짐작해볼 수 있는 대목이다. 랍비는 일어날 일을 말했고, 그 말을 들은 왕은 '온종일' 생각했다. 그러자 그대로 되었다. 랍비들이 왕들이 꿀 꿈을 맞힌 것이 아니라 왕들이 랍비들이 말한 대로 꿈을 꾼 것이다.

가이사는 온종일 이에 대해 생각했고, 밤에 자기 꿈에서 그것을 보았다.

(……)

샤푸르는 온종일 이에 대해 생각했고 밤에 자기 꿈에서 그것을 보았다.(노먼 솔로몬 편, 『탈무드』)

들었기 때문이 아니라 온종일 생각했기 때문에 들은 것이 꿈에 나타났다. 우리는, 생각하지 않는 사람은 꿈을 꾸지 않는다, 라고 말할 수 있을 것이다. 염려와 걱정이 꿈이 된다. 욕망과 그리움이 꿈이 된다. 무엇을 되풀이 생각함으로써 사람은 붙잡힌다. 왕들은 되풀이 생각함으로써 랍비들이 해준 이야기에 붙잡혔다. 온종일 무엇을 생각하는지 말해주면 당신이 무슨 꿈을 꿀지 알려줄 수 있다. 무엇을 염려하는지, 무엇을 욕망하는지 알려주면 당신이 어떤 사람인지 말할 수 있다. 생각은 꿈으로 나타나고, 꿈은 생각으로 이어져 현실을 간섭한다. 꿈은 현실과 이런 식으로 연결된다. 이런 식으로 현실은 꿈에 작용하고, 꿈은 현실에 작용한다. 파스칼은 매일 밤 열두 시간 동안 왕이 된 꿈을 꾸는 직공과 매일 밤 열두 시간 동안 직공이 된 꿈을 꾸는 왕을 대비하며 누가 행복할지 생각하게 한다. "만약 우리가 밤마다 똑같은 꿈을 꾼다면 이 꿈은 우리가 날마다 보는 사물만큼이나 우리에게 작용할 것이다."(『팡세』)

"자네는 너무나 군사정권을 미워하고, 그들과 너무 오랫동안 싸움을 하고, 그리고 그들에 대한 생각을 너무 깊이 해왔기 때문에 결국 자네도 그들 못지않게 나쁜 사람이 되고 말았어. 그토록 비참한 타락을 겪으면서까지 추구할 만큼 고귀한 이상은 이 세상에 없을지도 모르지."

가브리엘 가르시아 마르케스의 소설 『백년 동안의 고독』에 나오는 문장이다. 몬카타 장군이 처형당하기 전에 한때 친구였던 아우렐리아노 부엔디아 대령에게 이 말을 했다. 아우렐리아노 부엔디아 대령은 내전 상태의 혼란스러운 정국에서 수많은 전쟁을 승리로 이끈 자유파의 영웅이다. 그는 고향인 마콘도에 돌아오자마자 그의 어머니를 비롯한 많은 사람의 반대에도 불구하고 한때 친구였던 반대파의 장군 몬카타를 처형한다. 몬카타는 부엔디아 대령에게 마콘도의 역사상 가장 폭군적이고 악질적인 독재자가 될 거라고 경고하며 이 말을 했다.

적들을 너무 미워하고, 그들 생각을 너무 깊이 해왔기 때문에 그들만큼 나쁜 사람이 되고 말았다는 것이 아우렐리아노 부엔디아에 대한 몬카타의 진단이다. 이 말은 부엔디아가 본래 나쁜 사람이 아니었다는 것을 시사한다. 그렇다. 그가 자유파의 투사가 된 것은 보수파가 부정선거를 저지르는 것을 보았기 때문이다. 그것은 나쁜 짓이었고, 그는 나쁜 짓을 하는 사람의 반대편에 서기로 작정했었다.

그런 그가 어떻게 나쁜 짓을 하는 나쁜 사람이 되었을까? '적들을 너무 미워하고 그들과 오래 싸우고 그들을 너무 깊이 생각했기' 때문이다. 생각의 엄청난 힘에 대한 암시가 이 말에 들어 있다. 그가 그런 사람이 된 것은 그런 것을 '너무 깊이' 생각했기 때문이다. 그는 적들을 미워했다. 미워한다는 것은 생각한다는 것이다. 생각하지 않으면서 미워할 수는 없다. 사랑하기 위해서도 생각해야 하지만 미워하기 위해서도 생각해야 한다. 사랑하는 사람을 닮아가듯이 미워하는 사람도 닮아간다. 미워해서가 아니라, 미워하느라 생각해서이다. 상대방을 닮아가게 하는 것은 사랑의 기능이 아니고 생각의 기능이다. 사랑하느라 생각하든 미워하느라 생각하든 마찬가지다. 생각은 그 대상과의 일치를 지향한다. 사람은 생각한 것 이상이 될 수 없다.

2

꿈은 지극히 사적이고, 고유하고, 전적으로 한 개인에게 속한 것이다. 내 꿈은 내가 꾼다. 내가 꾼 꿈은 나에 대한 것이고, 나 외에 누구에게도 공개되지 않는다. 내 꿈에 등장하는 다른 사람도, 특정 사물이나 동물과 마찬가지로, 나의 상태에 대한 은유이거나 상징이다. 누군가의 꿈을 해몽해주는 사람은 있지만, 누군가를 위해 대신 꾸어줄 수는 없다. 꿈의 내용을 알아내라고 랍비들과 주술사들을 괴롭힌 절대 권력자들도 자기가 꾸었거나 꿀 꿈에 대해 말했다. '꿈은 내가 꾼다.' 이들에게도 이것은 분명한 명제다. 더구나 꿈은 비자발적이기 때문에 꿈꾸는 이가 원한다고 해서 어떤 종류의 꿈을 꿀 수도 없다. '직업적으로' 다른 사람의 꿈을 대신 꾸어주는 것이 불가능하다는 뜻이다. 그런데 꿈꾸는 것이 직업인 사람, 누군가를 위해 대신 꿈꾸어주는 직업을 가진 사람에 대한 이야기를 들려주는 작가가 있다. 가브리엘 가르시아 마르케스이다.

프라우 프리다는 콜롬비아의 칼다스 지역에서 부유한 상인의 열한 자녀 중 셋째 아이로 태어났다. 말하기 시작할 무렵부터 그녀는 아침식사를 하기 전에 밤에 꾼 꿈 이야기를 하곤 했다. 일곱 살 때 그녀는 자기 동생 중 한 명이 급류에 휩쓸려가는 꿈을 꾸었다. 약간 미신적인 성향이 있었던 그녀의 어머니는 그 말을 듣고 동생이 계곡에서 헤엄치는 것을 금지시켰다. 하지만 프라우 프리다는 자기가 꾼 꿈을 다르게 해석했다. 그녀는 자기 꿈이 의미하는 바가 동생이 급류에 휩쓸려갈 것이라는 게 아니라 동생이 사탕을 절대로 먹어서는 안 된다는 것이라고 알려준다. 그녀는 자기가 꾼 꿈을 해석할 줄 알았다. 다섯 살 아이에게 사탕 금지는 매우 가혹한 것이었음에도 딸의 예언력을 어느 정도 신뢰하고 있던 그녀의 어머니는 매우 엄하게 아이가 사탕 먹는 것을 막았다. 그러나 그녀가 한눈파는 사이에 그 아이는 몰래 캐러멜을 삼켰고, 목이 막혀 죽었다.

그녀의 이런 재능은 나중에 직업이 된다. 비엔나에서 일자리를 구할 때 그녀는 할 수 있는 게 무엇이냐는 고용주의 물음에 꿈을 꾸어줄 수 있다고 답했고, 그것으로 취직이 되었다. 그녀의 일은 아침마다 집주인 가족을 위해 꾼 꿈을 통해 그들의 운세를 해석해주는 것이었다. 단순히 다른 사람이 꾼 꿈을 해몽한 것이 아니라 그들을 위해 꿈을 꾸어주고 그것으로 그들의 운세를 알려준다. 원하는 사람을 위해 어떻게 선택적으로 꿈을 꾸는지 그 방법에 대해 작가는 언급하지 않는다. 중요한 것은 집주인 가족들이 그녀를, 그녀의 일을 신뢰했다는 것이다.

그리하여 이런 일이 일어난다. 시간이 지나면서 그녀는 그 집에서 가족들이 그날그날 해야 할 일과 하지 말아야 할 일을 결정하는 유일한 사람이 되었다. 그녀가 하는 말이 집안의 유일한 권위가 되었다. "가족에 관한 그녀의 지배는 절대적이었다. 심지어 가냘픈 한숨 소리조차도 그녀의 지시에 따라야 했다."(『꿈을 빌려드립니다』) 그리고 마침내 그녀는 집주인의 헤아릴 수 없이 많은 재산을 독차지해버렸다고 마르케스는 전한다.

그녀는 꿈을 꾸어주는 사람이다. 그녀에게는 꿈을 꾸(어주)는 것 말고 아무 능력도 없었고, 꿈을 꾸(어주)는 것 말고 아무 일도 하지 않았다. 그런데 어떻게 이런 일이 일어났을까. '나에 대해 꾼 꿈을 나에게 말하라.' 이 역시 '내가 꿀 꿈을 내게 말하라'라는 요구만큼 불가능한 주문이다. 꿈은 꿈을 꾸는 사람의 것이고, 꿈을 꾸는 사람에 대해 말하기 때문이다. 우연히 누군가에 대한 꿈을 꾸긴 하겠지만, 직업적으로 정기적으로, 원할 때마다 그렇게 하는 것은 불가능하고, 그 경우에도 실은 꿈꾼 사람 자신의 상태와 기분이 반영된 것이라고 보는 것이 아마 이치에 맞을 것이다. 그러니까 '나에 대해 꾼 꿈을 나에게 말하라'는 논리적으로 완벽하게 비문이다. 나에 대한 꿈은 내가 꾼다. 그래야 한다.

고용 관계는 역전되었다. 프라우 프리다는 처음에는 꿈을 꾸어주는 자로 고용되었지만, 이내 고용한 이들을 지시하고 지배하는 자가 되었다. 우리는 이 지배에 끼어들 여지가 있는 인위적 요소를 어렵지 않게 상상할 수 있다. 나를 위해 대신 꿈을 꾸어주는 사람이 꾼 꿈, 꾸었다고 말한 꿈의 진위를 확인하기 어렵다. 왜냐하면 꿈을 꾼 사람 말고 그 꿈의 내용을 알 수 있는 사람이 없기 때문이다. 꾸지 않았으면서 꾸었다고 말한다고 해도 알 길이 없다. 이런 꿈을 꾸었으면서 저런 꿈을 꾸었다고 말한다고 해도 확인할 길이 없다. 나쁜 의도를 가지고 꿈을 조작하고 이용하는 것이 얼마든지 가능하다. 실제로 마르케스는 소설 속 화자로 하여금 "나는 항상 그녀의 꿈은 살아가기 위한 계략에 불과하다고 생각했"다고 말함으로써 그 가능성을 배제하지 않고 있다.

대신 꾼 꿈이 그 가족의 현실을 지배했다. 프라우 프리다가 하는 말이 집안의 유일한 권위가 되었다. 가족들은 한숨 쉬는 것조차 그녀의 지시에 따라서 해야 했다. 꿈을 대신 꾸어주는 것은 봉사나 헌신이 아니다. 꿈은 예언과 연결되고, 예언은 권력으로 작동한다. 누군가에 대해 꿈을 꾼 자는 누군가를 지배한다. 이 지배력은 어디서 오는 걸까. 『탈무드』의 지혜에 따르면, 꿈의 기능이라기보다 암시의 효과라고 해야 할 것이다. 너무 깊이 온종일 집중해서 생각하다보면 꿈이 현실이 되어 나타난다. 혹은, 꿈의 이야기를 현실 속에, 스스로 재연한다. 꿈의 서사에 암시를 받아 삶을 꾸린다. 삶은 꿈의 복사판이 된다. 파스칼은 인생이 약간 덜 변덕스러운 꿈이라고 익살스럽게 말했다.

내 일은 내가 해야 한다. 내 꿈은 내가 꾸어야 한다. 내 꿈을 누군가에게 대신 꾸게 해서는 안 된다. 그것은 다른 사람에게 자기 주권을 내주는 것과 같다. 꿈을 맡기는 순간, 꿈이 아니라 삶이 지배당한다. 내 꿈을 대신 꾼 자가 내 꿈만 아니라 내 인생도 통제한다. 그러니 다른 사람에게 꿈을 맡기지 말아야 한다. 꿈이 아니라 삶을 살아야 한다.

3

꿈에 대해 더 무서운 이야기를 해주는 소설을 알고 있다. 『부서진 사월』『죽은 군대의 장군』의 작가 이스마일 카다레가 쓴 『꿈의 궁전』이다. 프랑스에 망명한 이 알바니아 작가는 제국의 모든 사람이 꾸는 꿈을 수집하고 선별하고 해석하는 거대한 국가기관에 대한 소설을 썼다. '타비르 사라일'이라는 기관이 모든 사람의 수면과 꿈을 관장한다. 잠을 자다가 꿈을 꾼 사람은, 사소하든 중요하든, 이 기관에 자기가 꾼 꿈을 보고해야 한다. 사소한 꿈인지 중요한 꿈인지를 판단하는 것은 꿈을 꾼 사람의 몫이 아니고 타비르 사라일에 속한 공무원의 일이다. 이 관청의 직원들은 전국 각지에서 모인 꿈들을 분류하고,

그 가운데 의미 있는 것들을 선별해서 해석한다. 그리고 술탄의 안위와 국가의 안보에 관련된다고 생각되는, 이른바 핵심 몽을 추려 보고한다.

국가가 국민들의 사생활만 아니라 자면서 꾸는 꿈까지 검열한다는 악몽 같은 이야기가 펼쳐진다. 권력이 행동만 아니라 생각, 생각만 아니라 무의식까지 지배한다. 개인의 가장 은밀한 영역이고 어떤 의미에서 그 개인조차 주도권을 가지고 있다고 할 수 없는 꿈까지 뒤져 통제한다. 권력은 탐욕스럽거나 초조하다. 탐욕스럽고 초조하다. 카다레의 소설에서, 이제 꿈에 대한 해석은 점성가와 주술사 같은 이들에게 임의로 맡겨지지 않고 국가기관에 의해 행정적으로 관리된다. '제국의 기관들 가운데 백성들의 잠재된 의식의 일부가 제국과 직접적으로 만날 수 있는 유일한 기관'이 타비르 사라일이다. 사람들이 잠을 자면서 꾼 꿈은 이곳에서 정보처럼 다루어지고 기밀문서처럼 취급되고 통치의 수단으로 사용된다. 이 기관의 문헌보관소에는 세상의 모든 꿈이 보관되어 있다. 이곳만큼 "이 세계의 진실을 집약적으로 보여주는 곳은 없다."

그리하여 누가 꾸었는지 모르는 꿈이 누구인지도 모르는 사람의 삶에 치명적인 영향을 미친다. 꿈은 일종의 신탁이 된다. 사람의 무의식에서 건져올린 정보들이 앞으로 일어날 일을 예측하고 경고하는 것으로 간주된다. 꿈은 누구, 혹은 무엇에 대한 폭로, 혹은 고발이 된다. 누군가가 꾼 꿈에 따라 죽는, 죽어야 하는 운명의 사람이 생기고 몰락하는 가문이 나온다. 꿈은 해석을 어떻게 하느냐에 따라 길몽이 되기도 하고 흉몽이 되기도 한다. 예컨대 국가기관에서 근무하는 공무원들에 의해 해석된 어떤 꿈은 알바니아 지도자들에 대한 대학살의 빌미를 제공하기도 하고 제국의 대외정책을 수정하게 하기도 한다. 프라우 프리다는 꿈으로 한 가정을 지배했지만, 타비르 사라일은 국가에 속한 모든 사람의 운명을 움켜쥐고 흔든다. 비극은 내가 꾼 꿈이 아니라 누가 꿨는지 모르는 어떤 꿈의 해석에 따라 내 운명이 결정된다는 데 있다. 내가 한 어떤 행위가 아니고 꿈 때문에, 심지어 내가 꾼 꿈도 아닌데, 파렴치범이 되거나 반역자가 되거나 죽어 마땅한 사람이 된다. 꿈이 어떻게 해석되느냐에 따라 꿈을 꾼 사람은 자기도 모르게 고발자가 된다. 그런데 이 고발자는 자기가 누구를 왜 고발하는지 모른다. 모른 채로 누군가의 삶을 치명적으로 망가뜨리는 일에 관여한다.

문제는 더 있다. 그렇게 엄청난 파괴력을 가진 꿈의 해석에 일관성이 있는 것도 아니고, 어떤 규칙이 있는 것도 아니다.

이 기관의 고급 관리는 막 입사한 주인공 마르크 알렘에게, 해석이란 것이 창의적인 작업이라고 알려줄 뿐 어떤 지침도 주지 않는다. 신입 직원을 위한 교육도, 최소한의 매뉴얼도 없다. 담당 직원의 자의성에 온전히 맡겨진다. 상황에 대한 세심한 배려 없이 어떤 기준을 기계적으로 적용하는 것도 문제지만, 어떤 기준도 없이 오로지 창의성에만 내맡기는 것은 더 위험하다. 실제로 마르크 알렘은 입사한 지 얼마 되지 않아 어떤 교육도 받지 않은 채, 그처럼 중요한 꿈의 해석관이 된다. 당연히 비합리적인 처신들이 일어난다. 하나의 꿈이 '창의적으로' 해석되는 과정에서 상반된 의미들이 부딪친다. 해석관은 그 가운데 한쪽을 선택해야 한다. 순전히 자의적으로, 즉 '창의적으로'. 그리하여 그야말로 우연히, 해석관이 다른 해석을 선택했다면 일어나지 않을 일이 누군가에게 일어난다. 우연히 반역자가 생겨나고 억울하게 한 가문이 몰락한다. 그리고 예측할 수 있는 대로, 악의적인 동기에 의한 왜곡과 날조 역시 피할 수 없다. 꾸지 않은 꿈이 수집되거나 누군가를 모함하기 위한 '창의적인' 해석이 행해진다. 꿈의 수집과 해석은, 고도의 정치적인 수단이 된다. 꿈은 이용당한다. 사람은 무엇으로도, 예컨대 어떤 선한 것으로도 악을 구현할 수 있다.

『탈무드』에는, 똑같은 꿈을 꾼 두 사람에 대한 이야기가 나온다. 아바예와 라바는 꿈 해몽가인 바 헤다를 찾아가 자기들이 꾼 똑같은 꿈의 해몽을 부탁했다. "우리가 포도주 나무통 위에 있는 고기를 보았다." 해몽가 바 헤다는 아바예에게 이렇게 말했다. "당신의 포도주는 맛이 좋으며, 모든 사람이 당신에게 고기와 포도주를 사러 올 것이다." 그러나 같은 꿈을 꾼 라바에게는 다른 해석을 했다. "당신의 포도주는 강하여 모든 사람이 포도주와 함께 먹으려고 고기를 사야 할 것이다." '포도주'와 '고기'라는 낱말을 이용한 작문 연습과도 같은 상이한 해몽이다.

그 후에 또 그들은 같은 꿈을 꾸었다. 이번에 그들이 꿈에서 본 것은 포도주 통 위에 있는 석류였다. 해몽가 바 헤다는 아바예에게 "당신의 상품은 석류와 같이 비싸다"라고 말했다. 그러나 라바에게는 "당신의 상품은 석류와 같이 시큼하다"라고 말했다.

이와 비슷한 이야기가 계속된다. 같은 꿈에 대해 한 사람은 좋은 해석을 받고 다른 사람은 나쁜 해석을 받는다. 그리고 곧 이유가 밝혀진다. 좋은 해석을 받은 사람인 아바예는 해몽가에게 돈을 지불했고, 나쁜 해석을 받은 사람인 라바는 돈을 주지 않았다. 이 사실을 뒤늦게 알게 된 라바도 나중에 돈을 지불했다. 그러자 바로 해몽이 달라졌다고 『탈무드』는 전한다. 이런 식이다. 그는 꿈에 벽이 무너지는 것을 보았는데, 그다지 좋아 보이지 않은 이 꿈에 대해 해몽가는 그가 무한히 많은 재산을 얻을 것이라고 해석한다. 그는 또 자기 집이 무너지고 사람들이 와서 벽돌 쌓는 것을 돕는 꿈을 꾸었는데, 당신의 가르침이 세상에 퍼질 꿈이라는 해몽을 듣는다. 악몽으로 해석될 법한 꿈이 길몽으로 해석된다. 해몽의 자의성이 고발된다. "모든 꿈은 해몽가의 입에 달렸다."

4

꿈은 텍스트이다. 해석을 기다리는 것이 텍스트의 운명이다. 모든 텍스트는 그 처지가 꿈과 같다. 해석가의 입장이나 시각, 심지어 이해관계에 따라 텍스트가 요동친다. 나쁜 것도 좋은 것으로 만들 수 있는 것이 해몽가의 입이다. 해몽이 있기 전까지 꿈은 아무것도 말하지 않는다. 아무것도 말하지 않는다기보다, 무엇을 말하는지 말하지 않는다. 해석이 나올 때까지 텍스트는 그저 기다린다. 해몽가가 좋게 말하면 좋은 꿈이 되고, 그가 나쁘게 말하면 나쁜 꿈이 된다. 그가 위대하다고 하면 위대한 텍스트가 되고, 그가 형편없다고 하면 형편없는 텍스트가 된다. 그가 아무 말도 하지 않으면 존재조차 드러나지 않는다. 핵심몽이 되는 것은 핵심몽을 꾸었기 때문이 아니라 핵심몽이라고 분류되었기 때문이다. 누군가에 의해 선언되었기 때문이다. 텍스트는 우연히 위대해지거나 이유도 모른 채 형편없어진다. 걸작이 어떻게 태어나는지 그 비밀을 어느 정도는 안다고 생각한다. 작가가 걸작을 만드는 것이 아니라, 걸작이라고 말하는 '해석자의 입'에 의해 걸작이 탄생한다.

그러니 꿈에 붙들리지 말 것. 꿈으로 삶을 재단하려 하지 말 것. 꿈의 해석에 지나치게 연연하지 말 것. 꿈이 창의적으로, 자의적으로, 그러니까 우연에 의해 해석된다는 사실을 인지할 것. 꿈은 내가 꾸어도 그 꿈의 실현이 나의 뜻과 무관할 수 있다는 것을 받아들일 것. 삶의 어찌할 수 없는 영역을 인정할 것.

이스마일 카다레의 소설에는 꿈을 꾸었다는 이유로 죽는 사람도 나온다. 꿈을 꾸어 다른 사람을 죽게 하기도 하지만, 꿈을 꾸었기 때문에 죽기도 한다. 내 의지가 작동했다고 할 수 없는 꿈을 꾼 것도 내가 한 일이라고 할 수 있을까? 꿈은 꾸는 것이 아니라 꾸어지는 것이 아니던가. 내가 잠을 자는 동안 나에게 들이닥친 것이라고 할 수 있는 꿈 때문에 죽기도 하다니. 우리는 꿈에 대해 속수무책이고, 속수무책인 채 그 꿈에 지배당한다. 인생이 약간 덜 변덕스러운 꿈이라고 했던 파스칼의 문장은 수정되어야 한다. 인생은 더 변덕스러운 꿈이다.

다른 사람의 꿈이 나를 취조하는 근거로 작용할 때, 누가 꾼 것인지 모르는 꿈에 대한 해석이 나의 삶을 휘저으려고 할 때, 외부의 꿈들과 바깥의 해석들이 내부를 흔들려고 할 때, 필요한 것은 귀를 닫는 것이다. 그 현장에서 달아나는 것이다. 말려들지 않는 것이다. 예컨대 '해석자의 입'이 내 삶의 영역으로 파동하며 들어오는 것을 거부하는 것이다. 그것이 비록 무용하다고 할지라도, 그런 몸부림 때문에 인간이라는 것을 알아야 한다.

말할 수 없고 말해서도 안 되는

1

나는 내가 하나님의 말씀을 말한다는 사실을 알지 못하고서는 설교할 수 없을 것이며, 내가 하나님의 말씀을 말할 수 없다는 사실을 모르고서는 설교할 수 없을 것이다.

이것은 디트리히 본회퍼의 문장이다. 나치 치하에서 교수형을 받고 이 감옥 저 감옥 이송된 끝에 플로센뷔르크 강제수용소에서 서른아홉 나이에 처형당한 독일의 이 젊은 신학자는 스물넷에 대학교수 자격을 취득하고 베를린대학교에서 강의했다. 인용한 문장은 그의 사후에 출판된 『그리스도론』에 나온다. 이 책은 학생들의 강의 노트를 기초로 편집한 것인데, 이 강의를 할 때 그의 나이는 스물일곱이었다.

본회퍼의 저 문장은 신의 말을 전하는 자의 딜레마에 대한 것이다. 설교자는 '신의 말'을 말한다는 확신 없이 설교할 수 없다. 그가 하는 말은 그의 말이 아니라 '신의 말'이고, 그는 그것을 정확히 인식해야 한다. 그의 권위는 그가 자신, 즉 인간의 말이 아니라 신의 말을 말한다는 전제에서 나온다. 이 전제가 무너지면 그의 입에서 나오는 말은 권위를 잃는다. 그러나 동시에 그는 인간이고, 인간일 뿐이므로 '신의 말'을 말할 수 없다. 신은 하늘이 땅에서 먼 것처럼 인간과 멀다. 그는 그 사실을 정확히 인식해야 한다. 그러지 않으면 그가 하는 말은 설교가 될 수 없다.

자기가 '신의 말'을 말할 수 없다는 사실을 자각하지 않은 자의 말은 '신의 말'이 아니다. 자기가 '신의 말'을 말한다는 사실을 확신하지 않은 자의 말 역시 '신의 말'이 아니다. 설교는 말할 수 없는 것을 말하는 것이다. 말할 수 없는 신의 말을 인간인 설교자는 어떻게 말할 수 있는가?

경전의 문장들이 인간의 이성으로 받아들이기 힘든 내용을 포함하고 있는 것은, 그 안에 '신의 말'이 담겨 있기 때문이다. 인간의 말로 말해질 수 없는 '신의 말'이 인간의 말로 말해지고 있기 때문이다. 무한이 유한으로 들어오기 때문이다. 영원이 시간으로 바뀌기 때문이다. 인간의 육체를 입는 순간 신조차 인간의 조건에 제한된다. 시공에 갇힌다. 완전한 신의 말조차 인간의 언어에 담기면 불완전해진다. 인간의 언어 체계에 갇힌다. 텍스트는 독자의 그릇만큼 담긴다. 그릇의 크기와 모양이 텍스트를 제한한다. 유한 속으로 들어온 무한은 유한에 의해, 유한을 통해 이해되고, 시간 속으로 들어온 영원은 시간에 의해, 시간을 통해 해석된다. 이해와 해석은 오해와 왜곡의 과정을 포함한다. 의문과 모호함은 불가피하다.

경전의 독자는 이 점을 인지해야 한다. 경전 속으로 들어가는 사람은 이 오해와 왜곡, 의문과 모호함의 안개를 각오해야 한다. 가령 백 살에 얻은 아들을 제물로 바치라고 요구하는 신과 그 받아들일 수 없는 요구에 응하는 아브라함이나 광기에 사로잡힌 동네 사람들로부터 자기 집에 들어온 나그네들을 보호하기 위해 결혼하지 않은 자기 딸들을 내주겠으니 마음대로 하라고 말하는 소돔성의 롯, 또는 후손이 없는 주인집에 아들을 낳아주고, 그 때문에 쫓겨나는 시녀 하갈에 대한 창세기의 문장을 읽을 때 그렇다. 이런 텍스트 앞에서 독자는 혼란에 빠지고 가끔 어처구니없어하고 때로는 대상을 알 수 없는 분노를 느낀다. 이런 텍스트를 읽는 걸음이 민첩할 수 없다. 묵상과 사색 없이 읽을 수 없다. 인간의 경험과 생각으로 이해할 수 없는 문장들이기 때문이다. 심지어 기도가 요청된다. 예컨대 이런 기도.

당신의 무한하신 말씀을 유한한 것으로 만들어주셔야 합니다. 그 말씀이 나의 유한한 세계 안으로 들어오되, 내가 살고 있는 유한성의 비좁은 집을 부수지 않고 그 안에서 잘 어울릴 수 있도록 해주셔야 합니다.(칼 라너, 『칼 라너의 기도』)

칼 라너는 이해하고 있다. 신의 말이 인간의 유한한 세계 안으로 들어오기가 어렵다는 것을. 인간의 지성의 집이 부서지는 일 없이 받아들이기가 쉽지 않다는 것을. 그래서 기도가 필요하다는 것을.

독자인 나는 종종 성경의 텍스트들이 불친절하다고 느낀다. 이 텍스트들의 불친절함은 진실하지 않기 때문이 아니라 진실이 전달되기 어려운 차원을 가지고 있기 때문이다. 예컨대 인간의 말로 옮겨질 수 없는 '신의 말'이 인간의 말로 옮겨질 때

내 좁은 집이 부서질 것 같은 위험을 느끼는 것이다. 불친절은 말하는 이의 성정이나 의도가 아니라 결과적 현상이다. 누군가의 말이 잘 전달되지 않는 것은 말하는 사람이 잘못 말하거나 듣는 사람이 잘못 들어서일 때도 있지만, 두 사람이 사용하는 언어가 다르기 때문일 경우가 더 많다. 같은 발음의 한 단어는 그 단어에 대해 발화자와 청취자가 가지고 있는 이해에 따라 다르게 전달된다. 특정 단어에 대한 이해는 삶의 경험에 의해 주로 형성되는데, 그 경험이 상이할 때 말은 허공을 떠돈다. 어떤 사람에게 아버지는 악몽이고, 사랑은 끔찍한 것이다.

말하는 사람의 언어를 이해하지 못할 때 우리는 그 사람을 파악할 수 없다. 신이 파악되지 않는 존재인 것은 인간이 그의 언어를 이해하지 못하기 때문이다. 더 정확하게 말하면, 무한한 신의 말이 유한한 인간의 언어를 통해 전달되는 과정에서 어쩔 수 없이 손실이 발생하기 때문이다. 본회퍼는 다른 책 (『창조와 타락』)에서 이 사실을 비교적 분명하게 밝혔다. "성서 저자의 언어가 인간의 언어라는 점에서, 그가 자신의 시대, 자신의 인식, 자신의 한계에 예속되어 있다는 사실에는 이론의 여지가 없다. 마찬가지로 하나님이 이 언어(자신의 시대, 인식, 한계에 예속되어 있는 인간의 언어)를 통해서 자신의 창조에 대해 말씀하신다는 사실에도 이론의 여지가 없다."

성서는 많은 인간 저자에 의해 쓰였다. 어느 날 하늘에서 뚝 떨어진 것이 아니라 인간들이 쓴 것이다. 어떤 책은 누가 썼는지 분명하고 어떤 책은 불분명하다. 그러나 인간이 인간의 언어로, '자신의 시대와 인식의 한계 아래서' 썼다는 점은 분명하다. 그런데 그들이 쓰려고 한 것은 인간의 언어로는 쓸 수 없는 '신의 말'이다. 인간의 언어로는 쓸 수 없는 신의 말은 인간의 언어를 통해 말해지지 않으면 인간에게 들려질 수 없다. 두 차원에는 절대적 차이, 철저한 불연속성이 존재한다고 우리는 이해한다. 아무리 잘 옮겨도 축나는 걸 막을 수 없다. 그래서 인간의 언어로 쓰인 '신의 말'은 본래 뜻이 손실될 수밖에 없지만, 그럼에도 신의 말이므로 인간은 온전히 이해하기 어렵고 받아들이기도 어렵다.

번역이 필요한 이유이다. 아브라함, 롯, 하갈, 이삭이 주인공인 창세기의 저 불친절한 문제적 장면들을 소설화한 『사랑이 한 일』을 쓸 때 나는 언어의 이 두 차원에 집중했다. 소설가인 나는 그 난해한 장면들을 인간의 수준/차원에서 더 잘 이해하고 더 잘 받아들이기 위해 번역, 즉 인간적 패러프레이즈, 혹은 소설적 가필이 필요하다는 생각을 했다.

'인간적'이라는 말과 '소설적'이라는 말은, 적어도 이 맥락에서는 동의어이다. 인간에 대해 말하지 않는 소설은 없다. 인간 이상을 말하는 소설도 없고 인간 이하를 말하는 소설도 없다. 신이나 천사가 등장하는 소설도 신이나 천사에 대해 말하지 않고 인간에 대해 말한다. 나무나 동물이 주인공인 소설도 나무나 동물에 대해 말하는 것이 아니라 인간에 대해 말한다. 인간에 대해 말하기 위해 신이나 천사, 나무나 동물을 내세운다. 소설 안의 신이 인간적이고, 경전 안의 인간이 신적인 면모를 가지는 것은 그 때문이다. 신의 텍스트인 성경을 인간의 텍스트인 소설로 바꾸는 작업은, 그러니까 인간화 작업이다. 이 작업에는 패러프레이즈, 즉 풀어 쓰기와 가필이 동원된다. 나는 텍스트의 여백으로 침투해 들어가려고 했다. 여백은 신의 말과 인간의 말이 맞부딪치는 자리이다. 여백은 침묵이 아니라 소란이다. 어떤 말로도 옮겨지지 못해 유보된 말들이 발굴되기를 기다리며 대기하고 있는 공간이다. 나는 그렇게 느꼈다. 그러니까 이 작업은 더 나은 이해를 위해서이지 훼손을 위해서가 아니다.

『사랑이 한 일』의 '작가의 말'에서 나는 소설쓰기가 일종의 패러프레이즈라고 썼다. 이미 쓰인 것을 다시, 풀어 쓰는 것이 '패러프레이즈'에 대한 나의 정의이다. 이 일은 번역하는 것과

160

같다. "내 번역의 방법은 인간의 마음으로, 즉 소설을 통해 신의 마음, 즉 믿음의 문제에 접근하는 것이었다."

2

임종의 자리에서 황제가 한 개인('그대')에게 전갈을 보내는 것으로 시작하는 카프카의 짧은 소설 「황제가 보낸 사신」은 귓속말을 통해 황제의 메시지를 받은 한 사신이 그 메시지를 전하기 위해 분투하는 이야기이다. 황제는 죽기 직전에 누군가에게 전할 말을 사신에게 귓속말로 남기고 사신은 그 말을 전하기 위해 필사적으로 애쓴다.

누가 메신저가 되는가에 대한 우의적 답이 들어 있는 부분이다. 말을 받은 자가 말을 가지고 달리는 자가 된다. 황제의 귓속말을 들은 자가 사신이 된다. 사신은 황제, 혹은 말을 선택할 수 없다. 황제, 혹은 말이 그를 선택한다.

귓속말은 듣는 자를 말하는 자에게 예속시킨다. 귓속말을 들은 자는 그가 원하든 원하지 않든, 귓속말을 들었기 때문에, 불가피하게 비밀 준수의 의무를 떠안는다. 듣는 것이 비밀 준수 서약의 방식이다. (……) 황제는 자기 메시지를 전할 사람을 자의적으로 선택한다. 그가 황제를 선택하는 것이 아니라 황제가 그를 선택한다. 더 정확하게는 메시지가 그를 선택한다.(졸저,『소설가의 귓속말』)

구약 성경에서 예언자, 혹은 선지자를 뜻하는 히브리어 nabi의 어원은 nabu이고, 그 뜻은 '부르다'이다. nabi는 '부름을 받은 자'로 해석된다. 구약 종교의 전통에서 '미래에 일어날 일을 미리 말하는 자'라는 뜻은 '예언자'에 들어 있지 않다. 물론 예언자들은 아직 일어나지 않은 일들을 미리 말하기도 했다. 그러나 다 그런 것은 아니고, 미래에 일어날 일에 대해 전혀 말하지 않은 이들에게도 예언자nabi라는 칭호가 붙었다. 일어나지 않은 일을 미리 말하는 것이 예언자의 역할이 아니었다는 뜻이다. 핵심은 미래에 대해 말하는 것이 아니라 자기가 들은 말, '신의 말'을 하는 것이었다. 내용이 아니라 출처가 중요했다. 무슨 말인가가 아니라 누구의 말인가가 중요했다.

자기가 원해서 스스로 예언자가 되는 사람은 없다. 사람은 예언자가 되기로 결정할 수 없다. 신의 말을 받은 사람(만)이 예언자가 된다. "이 까닭을 말할 수 있도록, 주님의 입에서 직접 말씀을 받은 사람이 누구인가?"(예레미야 9:12) '주님의 입에서 직접 말씀을 받은 사람'은 원하지 않아도 예언자가 된다. 신이 그에게 말을 맡겼기 때문이다. 맡긴 것은 옮겨져야 한다. 보관하라고, 땅속에 묻어두라고 맡긴 것이 아니라 옮기라고, 전하라고 맡겼기 때문이다. 카프카의 소설 속 사신이 황제의 말을 받자마자 그 말을 전하기 위해 필사적으로 달려가는 장면은 꽤 시사적이다. 그러니까 예언자는 미리 앞일을 말하는 '豫言者'가 아니라 맡겨진 말을 말하는 '預言者'이다. 맡겨진 말은 앞일에 대한 것이기도 하고 이미 일어난 일에 대한 것이기도 하다. 예언은 앞일이나 일어난 일이나 항상 현재의 청중을 향한다. 예언은 현재에 대한 것이고 현재를 향한 것이다.

"황제는 사자를 침대 곁에 꿇어 앉히고 전갈을 그의 귓속에 속삭여주었는데……" 이 장면은 임명식과 같다. 메신저를 메신저 되게 하는 것은 황제와 황제의 귓속말이다. 둘이면 충분하고, 둘 중 하나라도 없으면 안 된다. 귓속말을 들어야 하고, 그 말은 황제의 말이어야 한다. "여호와의 말씀이 임하니라." 구약의 예언자들이 말을 할 때는 거의 항상 이 문장이 앞에 놓인다. 예언자를 예언자 되게 하는 것은 '여호와'와 '말씀'이다. 둘이면 충분하고, 둘 중 하나라도 없으면 안 된다. '말'을 가져야 하고, 그 말은 '여호와'의 입에서 나온 말이어야 한다.

'여호와'의 입에서 나온 '귓속말'을 듣지 못했으면서 무슨 말인가를 하는 자가 거짓 예언자이다. 예레미야를 통해 여호와는 말한다. "그 거짓 예언자들 가운데서 누가 나 주의 회의에 들어와서 나를 보았느냐? 누가 나의 말을 들었느냐? 누가 귀를 기울여 나의 말을 들었느냐?"(예레미야 23:18) 귀를 기울여 들은 말이 없는데도 이들은 무슨 말인가를 한다. 들은 말이 없는 이들은 무슨 말을 하는 걸까? "나는 그들을 예언자로 보내지도 않았고, 그들에게 명하지도 않았고, 그들에게 말하지도 않았다. 그들이 이 백성에게 예언하는 것은, 거짓된 환상과 허황된 점괘와 그들의 마음에서 꾸며낸 거짓말이다."(예레미야 14:14)

자기 마음에서 꾸며낸 거짓말을 하는 자가 거짓 예언자라는 걸 예레미야의 독자는 안다. 그들이 자기 마음에서 꾸며낸 거짓말을 하는 것은 그가 귀기울여 들은 말이 없기 때문이다. 그에게 귓속말을 한 이가 없기 때문이다. 맡은 말이 없기 때문이다. 들은/맡은 말이 없는데도 말을 하려고 하기 때문이다. "내가 보내지 않았는데도 스스로 달려나갔으며, 내가 그들에게 말을 하지 않았는데도 스스로 예언을 하였다."(예레미야 23:21)

들은/맡은 말이 없는데도 사신 노릇을 하는 이들에 대해 카프카는 신랄하다. 세상에는 파발꾼들이 넘쳐나는데, 그들에게는 귓속말을 해줄 왕이 없다. 그들에게 말을 맡긴 왕이 없다면, 없는데도 말을 전한다면 그들은 무엇을 전하는 것일까? 카프카는 그들이 의미 없는 말들을 서로에게 외쳐댈 뿐이라고 말한다.(「파발꾼」) 이들은 자신들의 삶을 비참하다고 느낀다. 이들이 비참한 것은 메시지 없이 메신저 노릇을 해야 하기 때문이다.

3

사신은 황제의 귓속말을 듣자마자 길을 떠난다. 황제의 말을 전하기 위해서이다. 그러나 군중들이 워낙 많고 궁궐은 무한히 넓어서 사신은 이 일을 해내지 못한다. 궁궐의 방들이 어찌나 많은지 그 방들을 빠져나가는 것은 불가능하다. 불가능하지만, 설령 그가 그 궁궐의 무수히 많은 방을 벗어난다고 해도 소용이 없을 거라고 카프카는 말한다.

"설령 그 방들을 벗어난다 해도 아무런 득이 없을 것이니, 계단을 내려가기 위해 그는 또 싸워야 할 것이고, 설령 싸움에 이긴다 해도 아무런 득이 없을 것이니, 뜰을 지나야 할 것이고, 뜰을 지나면 그것을 빙 둘러싸고 있는 제2의 궁전이 있고, 다시금 계단들, 궁전들이 있고, 또다시 궁전이 있고, 등등 계속 수천 년을 지나 드디어 가장 바깥쪽 문을 뛰쳐나온다면— 그러나 결코, 결코 그런 일은 일어날 수 없다—비로소 세계의 중심, 그 침전물이 높다랗게 퇴적된 왕도王都가 그의 눈 앞에 펼쳐질 것이다. 그 어떤 자者도 이곳을 통과하지는 못한다."

그가 빠져나오지 못하므로, 그가 가지고 있는 황제의 말도 빠져나오지 못한다.

세상에! 수천 년이라니! 사신이 아무리 부지런히 달리고 애쓰고 최선을 다해도 황제가 사는 궁궐을 빠져나오려면 수천 년이 걸린다고 하지 않는가! 수천 년이 걸려 궁궐의 마지막 문을 빠져나오면 그제야 겨우 왕의 도시에 이르게 될 테지만, 이는 가정일 뿐, 어떤 자도 그곳을 통과하지 못할 거라고 하지 않는가!

수천 년은 영원의 다른 말이다. '천년의 사랑'은 천 년 동안의 사랑이 아니라 영원한 사랑이다. 무한은 한계나 제한이 부정되는 영역이고 영원은 시간이 초월된 시간이다. 시간 위의 존재인 인간은 시간 너머를 견딜 수 없다.

황제의 메시지는 전해지지 않을 것이다. 사신이 받은 이 언어가 궁궐의 언어, 영원과 무한에 속하는 언어이기 때문이다. 황제의 언어이기 때문이다. '황제의 태양 앞에서 가장 머나먼 곳'에 있는 '보잘것없는 그림자'인 '그대'가 알아들을 수 없는 언어이기 때문이다.

바울은 셋째 하늘에 이끌려 올라간 적이 있다고 말한 적이 있다. 우리는 그가 말하는 셋째 하늘에 대해 아는 것이 없다. 하늘보다 높은 하늘이라는 수사가 가능하지만, 어쨌든 공간적 개념은 아닐 것이다. 카프카의 「황제가 보낸 사신」을 우화로 읽는다면, 황제가 거주하는 이 궁궐이야말로 바울의 셋째 하늘과 맞먹는 표현이라고 할 수 있고, 그렇다면 이는 결국 '영원'에 대한 비유라고 할 것이다. 바울은 그때 자기가 몸안에 있었는지, 몸밖에 있었는지 알지 못한다고 했다. 그는 거기서 어떤 말을 들었다고 했는데, 그 말은 '도저히 말로 표현할 수 없고 또 사람이 말해서도 안 되는' 말씀이었다. 그는 끝내 그때 들은 말에 대해 말하지 않는다. 그것은 비밀로 감추어져 있다. 당연하다. 그 말은 도저히 (인간의) 말로 표현할 수 없고, 또 (섣불리) 말해서도 안 되는 말이었기 때문이다.

계시하는 신은 감추어져 있는 신이다. 감추어진 신만이 계시할 수 있다. 우리는 신이 자신을 계시하는 경우에만 신에 대해 알 수 있다. 신의 계시에 의해 우리가 알게 되는 것은 '신은 알 수 없다'이다. 말로 표현할 수 없고 말해서도 안 된다는 것이다. 그러니까 신의 말/황제의 말을 옮긴다는 것은 말로 표현할 수 없는 말을 말로 표현한다는 것이다. 사람이 말해서는 안 되는 말을 한다는 것이다. 섣불리 말해서는 안 되는 말을, 그러나 사신으로 임명되었으므로, 불가피하게, 실패를 각오하고 한다는 것이다.

여기에 깃들어 있는 주제는 난처함이 아니라 소명, 즉 맡은 자의 임무 수행에 대한 것이라고 나는 생각한다. 카프카의 황제의 사신이 그런 것처럼, 바울 역시 들었으므로 말하지 않을 수 없었다. 바울은 그때 무슨 말을 들었는지 끝내 말하지 않았지만, 그것은 불가피한 일이었지만, 그러나 평생 동안 그가 한 모든 말이 실은 그 말에 대한 것이었다. 그것이 그가 '말로 표현할 수 없고 말해서도 안 되는' 그 말을 말하는 방식이었다.

황제의 말은 궁궐 밖의 언어로 바꾸기가 불가능하다. 그렇지만 황제로부터 귓속말을 들은 사신은 그 메시지를 궁궐 밖으로 가지고 나가야 한다. 물론 그가 원한 것은 아니다. 황제는 자기 말이 들려줄 귀를 스스로 선택한다. 그리고 귓속말을 들은 자는 그 말에 예속된다. 귓속말을 들은 것은 그 메시지를 전하겠다고 서약한 것이나 마찬가지다. 황제의 말은 옮겨져야 한다. 말로 표현할 수 없고 말해서도 안 되는 말임에도 그렇다. 그러니까 이 말은 황제로부터 들은 말 그대로 옮겨지지 않을 것이다. 언어가 다르기 때문이다. 그렇다고 해서 옮기는 일을 그만둘 수는 없다. 그러니까 그는 본회퍼처럼 해야 한다. 그는 자신이 황제의 말을 말한다는 사실을 확실히 알아야 하며, 동시에 자신이 결코 황제의 말을 말할 수 없다는 사실을 분명히 알아야 한다. 그는 바울처럼 말해야 한다. 그는 그때 들은 그 "말할 수 없는" 말을 끝까지 말하지 않은 채 그 말에 대해 최선을 다해서, 끈기 있게, 계속 말해야 한다.

거기까지만 생각해야 하고 더 나가지 말아야 한다. 그는 말을 전하는 자이지 말하는 자가 아니기 때문이다. 그의 말을 듣는 사람이 자기 말을 제대로 알아들을지 염려하는 순간, 그는 말을 옮기고 전하는 자가 아니라 자기 말을 하는 자가 된다. 전하는 자는 말하는 자가 되려는 유혹을 이겨야 한다.

그의 말은 뿌려진 씨앗과 같을 것이다. 어떤 씨앗은 싹이 났다가 물기가 없어 말라버릴 것이다. 어떤 씨앗은 땅에 떨어지자마자 새의 먹이가 될 것이다. 어떤 씨앗은 결실할 것이다. 그러나 결실은 사신이 하는 일이 아니고 사신의 몫도 아니다. 그의 일은 씨를 뿌리는 것이지 결실하는 것이 아니다. 결실의 많고 적음에 그의 영광이나 수치가 걸려 있는 것이 아니다. 그의 영광과 수치는 씨/말을 뿌리기/옮기기에 대한 그의 성실함에 달려 있을 뿐이다. 결실의 많고 적음은 우연한 행운이거나 어쩔 수 없는 불운이다. 우연한 행운이나 어쩔 수 없는 불운으로 영광과 수치를 가늠하려 해서는 안 된다. 그것은 인간의 일이나 몫이 아니기 때문이다.

4

그러니까, 어쩌면, 필요한 것은 기도.

내가 당신의 무한하심을 두려워하여 물러서는 일이 없도록 당신의 무한하신 말씀을 유한한 것으로 만들어주셔야 합니다. (……) 당신은 인간의 말을 당신의 말씀으로 삼으셔야 합니다. 그 말로 내게 말 건네셔야 합니다. 그런 말이라야 이해할 수 있습니다.(『칼 라너의 기도』)

전체의 일부로 흡수될 때

1

신은 거룩하다. 아마 그럴 것이다. 그러나 거룩하다는 규정을 거부한다. 신은 전능하다. 마땅히 그래야 할 것이다. 그러나 전능하다는 정의에 갇히지는 않는다. 영원, 초월, 무소부재, 사랑, 정의와 같은 속성들도 마찬가지다. 그런 속성을 가지고 있는 것과 그런 속성으로 규정되는 것은 다르다. 신성의 세계는 보이지 않고 고정되어 있지 않으며 규정할 수 없다. 불가시성, 비고정성, 규정불가의 세계가 신성의 영역이다.

그러나 사람들은 보이지 않고 규정되지 않고 정의되지 않는 것을 견디지 못한다. 사람들의 생각 속에서, 그런 것들은 불완전한 것으로 간주되기 때문에, 불완전한 것은 완전해져야 마땅하다고 이해하기 때문에 규정할 수 없는 것을 규정하고 정의할 수 없는 것을 정의하려고 한다. 보이지 않는 것을 보이는 것으로 바꾸려 한다. 그래야 손에 넣을 수 있기 때문이다. 그래야 안심할 수 있기 때문이다.

눈앞에 있어야 안심이 된다. 눈에 보이지 않으면 무슨 일이 일어나는지 모르고, 그러면 의심과 불안이 생긴다. 연인들은 사랑이 아니라 의심과 불안 때문에 같이 있으려고 한다. 아니, 의심과 불안이 사랑의 내용 가운데 일부이다. 사랑하지 않을 때는 없던 의심과 불안이 사랑을 하면 생긴다. '우정은 증명할 의무가 없다'고 말할 때 보르헤스는 증명할 의무를 서로에게 지우는 사랑을 염두에 두고 있었을 것이다.

의심과 불안 때문에 사람들은 보고 파악하고 규정하려 한다. 어떻게든 자기 눈앞에 두려고 한다. 모세가 시내산에 올라가 신의 법을 받고 있을 때 산 아래서는 사람들이 금송아지를 만들었다. 사람들은 보이지 않는 신으로 만족할 수 없어서, 불안해서 보이는 우상을 만든다.

신성과 경이는 느낄 수는 있으나, 느낄 수 있을 뿐 손에 잡히지 않기 때문에 불편하다. 압도적이면서 매혹적인데 실체를 알 수 없기 때문에 어떻게 대해야 할지 모르는 상황에 빠진다. '성스러움'의 의미에 대해 루돌프 오토는 그것이 두렵기만 한 것이 아니라, "독특한 힘으로 끌어당기며, 매료하며, 매혹하는 어떤 것"이라고 했다. "그것은 우리를 겸허하게 만드는가 하면 동시에 우리를 고양시키며, 우리의 마음을 제약하는가 하면 또 스스로를 초월하게 하며, 공포와 유사한 감정을 유발시키는가 하면 다른 한편으로는 행복한 감정을 자아내기도 한다."(『성스러움의 의미』) 두려움과 매혹, 이 상반된 감정의 동시적 습격을 인간은 감당할 수 없다. 수용할 수 없으므로 추방하거나 수용하기 위해 축소한다. 손에 잡히게 바꾼다. 생각의 범주나 시력이 미치는 범위 안에 두려고 한다. 불가사의와 불가시는 밀려난다.

제도와 체제는, 비유하자면, 밀봉된 항아리와 같다. 어부에 의해 구출될 때까지 오랫동안 주둥이가 봉해진 항아리 속에 갇혀 있던 마신에 대한 이야기가 『아라비안나이트』에 나온다. 마신은 왕에게 잘못한 벌로 항아리 속에 밀봉된 채 바다에 던져졌다. 어부의 그물에 걸려 올라올 때까지 마신은 천팔백 년 동안 바닷속 항아리에 갇혀 있었다. 마신이 자기를 구해준 은혜도 모르고 죽이려고 하자 어부는 꾀를 내어 어떻게 그 큰 몸으로 저 좁은 항아리 속에 들어갈 수 있었는지 알려달라고 한다. 자기 능력을 과시하고 싶어진 마신은 직접 시범을 보인다. 연기로 변한 마신은 항아리 속으로 들어간다. 큰 몸이 좁은 항아리 속으로 들어가기 위해서는 몸을 바꿔야 한다. 이해할 수 없이 크고 파악할 수 없이 큰 것을 이해하고 파악하기 위해서는 이해와 파악의 범주 안으로 욱여넣어야 한다. 그러면 이해할 수 없고 파악할 수 없는 것은 빠지고 이해할 수 있고 파악할 수 있는 것이 담긴다. 훼손과 손실이 불가피하다. 훼손되지 않아야 할 것들이 훼손되고 손실되면 안 되는 것들이 손실된다. 집어넣을 수 없는 것은 집어넣을 수 없다. 보이지 않는 것은 보게 할 수 없다. 우주를 집어넣으려면 우주보다 큰 자루가 필요하다. 신을 집어넣으려면 신보다 큰 자루가 있어야 한다. 그런 것은 없다. 그러니까 집어넣을 수 없는 것은 그대로 두어야 한다. 보이지 않는 것은 보이지 않는 채로 보아야 한다.

제도 속으로 들어와 제도화된 종교와 그런 종교에 익숙해진 종교인은 신을 자루 속에 넣는 데 성공한다. 고정적 존재로, 파악 가능한, 쉬운 존재로 만드는 데 성공한다. 제도 속에 정착하고 의례 속에 고정된 신은 가시적이고 고정되고 익숙한 존재, 무엇인가의 대체물이 된다. 자루 안에 들어온 신은 고정되어 있으므로 두렵지 않고, 파악되었으므로 신비가 아니다.

눈에 보이므로 의심할 이유도 불안해할 필요도 없다. 보이는 것은 두렵지 않다. 종교 안으로 들어와 익숙해진 신은 압도하지 않는다. 이제 신에 대한 '두려움과 떨림'은 폐기된다.

예배는 이벤트가 된다. 경이와 신비 대신 형식과 순서와 기능이 중요해진다. 보이는 것이 중요하고 보여주는 것이 중요하다. 견고한 교리와 세련된 형식을 갖춘 종교는 종교인을 예배라는 이름의 잘 기획된 행사에 참여하는, 동원된 일원으로 만든다.

2

바빌론 지역의 문명 중심지인 우르를 떠나 하란에 살고 있던 아브람을 찾아온 여호와는 지금 살고 있는 땅을 떠나 '내가 보여줄 땅으로' 가라고 지시했다. 구체적인 표현은 "너의 고향과 친척과 아버지의 집을 떠나 내가 네게 보여줄 땅으로 가라"(창세기 12:1)이다. '너의 고향과 친척과 아버지의 집'이 '내가 네게 보여줄 땅'과 대비된다. '너의 고향과 친척과 아버지의 집'은 떠나야 하는 곳이고, '내가 네게 보여줄 땅'은 가야 할 곳이다. 그 차이는 분명하다. 떠나야 하는 곳은 지금 살고 있는 구체적인 장소이고, 가야 하는 곳은 아직 존재하지 않는 곳이다. 어디인지 모르는 곳이다. 신은 특정 장소를 지칭하지 않고 '내가 보여줄' 땅으로 가라고 했다. '보여줄' 땅은 (보여줄 때까지는) 보이지 않는다. 지금 살고 있는 땅은 보이지만 가라고 한 땅은 보이지 않는다. 지금 살고 있는 '고향', '아버지의 집'은 장소지만, 가야 할, '보여줄' 땅은 장소가 아니다.

롤랑 바르트는 사랑에 대해 말하면서 아토포스atopos라는 단어를 사용했다. 장소를 뜻하는 topos에 부정을 뜻하는 a가 결합하여 만들어진 단어다. 구체적이고 특정한 자리를 가리키지 않는다는 점에서 '보여줄 땅'은 아토포스이다. '보여줄' 땅에는 지금 아브람의 가족이 살고 있는 땅, 고향, 하란, 장소로서의 땅이 확보하고 있는 물리적 확실성이 없다. 하란은 어디인지 분명하다. 그곳은 메소포타미아 북부 지역에 위치해 있다. 하지만 아브람이 가야 하는 땅은 어디라고 단정해서 말할 수 없다. 그렇다고 없다고 할 수도 없다. 보이지 않는 것이 없는 것과 같은 뜻은 아니다. '보여줄' 땅은 보여주는 순간 '보일' 것이다. 보여주는 순간까지는 보이지 않을 것이다. 미래에 '보여줄' 땅은 현재는 보이지 않는 땅이다. 고정되어 있지 않다는 것이 '보여줄', '보이지 않는'의 특징이다.

그러니까 아브람은 고정된 확실성의 세계로부터 그렇지 않은, 비장소이고 불확실한 세계로 떠날 것을 지시받고 있다. 여기에 초대자인 여호와의 뜻이 없다고 할 수 없다. 아마 있을 것이다. 그러나 이 초대는 확실성을 추구하는 인간의 본성에 거슬린다. 신의 초대에 응한다는 것은 본성을 거스르는 움직임을 받아들인다는 뜻이다.

불확실한 세계, 어디에 있다고 할 수 없는, '보여줄 땅'으로 가기 위해서는 '땅'이 아니라 '보여줄'에 집중해야 한다. 땅은 지금 없다. 장소가 아니니까 당연하다. 땅은 '보여줄' 때 비로소 있게 될 것이다. '어디'만 아니라 '언제'도 고정되어 있지 않다. 그 땅이 어디 있는지 모를 뿐 아니라 언제 '보여질'지도 모른다. 모든 것은 '보여줄' 신에게 달려 있다. 그러니까 아브람은 '보여줄' 신의 말에 집중하지 않을 수 없다. 아브람은 그렇게 했다. 이것은 어디에서 어디로 이동하는 문제가 아니라 관계와 태도의 문제이다. '어디'에서 사느냐의 문제가 아니라 '어떻게' 사느냐의 문제이다.

신은 미래형을 쓴다. 아브람은 (미래에) '보여줄' 땅으로 (지금) 간다. 그가 가야 할 곳이 보이지 않고 고정되어 있지 않고 규정할 수 없기 때문에 아브람은 신(의 말)을 따라 살 수밖에 없다. 신이 원하는 것은, 고정된 특정 장소로 가는 것이 아니라 '보여줄' 신과의 지속적인 관계를 유지하는 것이다. 아브람은 '어디'로 가는 것이 아니라 어디인지 정해지지 않은 아토포스를 살기 위해 신과 동행한다. 동행하지 않을 수 없다. 그럴 때 '보여줄' 땅은 신과 함께 있는 곳이다. 신과 함께 있는 곳이, 그곳이 어디든, '보여줄' 땅이다.

야곱은 형으로부터 도망가는 도중에 벌판에서 돌을 베고 잠들었다. 꿈속에서 그는 하늘에 닿아 있는 사다리를 오르내리는 천사들을 보고 신의 음성을 듣는다. 사다리는 하늘에서 땅으로 뻗어 있었다. 땅에서 하늘로 뻗은 사다리는 하늘에 닿지 못한다. 하늘이 정해져 있지 않기 때문이다. 하늘의 끝이 없기 때문이다. 하늘이 어디인지 규정할 수 없기 때문이다. 한때 인간들은 하늘에 닿으려는 꿈을 꾸었다. 도시를 세우고, 하늘에 닿는 탑을 쌓아 자기들의 이름을 떨치려 했다. 그러나 그들의 꿈은 이루어지지 않았다. '하늘에 닿는' 탑을 쌓는 것이 불가능했기 때문이다. 하늘은 고정되어 있지 않기 때문이다. 정복될 수 없기 때문이다. 그들의 탑이 땅에서 하늘로 올라갔기 때문이다. 아무리 올라가도 하늘이 계속되었기 때문이다. 반대로 야곱이 꿈에서 본 사다리는 하늘에서 뻗어 땅에 이르렀다. 하늘에서 시작된 사다리는 땅에 닿는 데 실패하지 않는다. 왜냐하면 땅은 고정되어 있기 때문이다.

꿈에서 깨어난 야곱은 두려움 가운데 이런 말을 한다. "주님께서 분명히 이곳에 계시는데도, 내가 미처 그것을 몰랐구나."(창세기 28:16-17) 그러면서 그곳을 '하나님의 집', '하늘의 문'이라고 부른다. 그 체험을 통해 그가 알게 된 것은 신이 그 벌판(장소)에 있다는 사실이었다. 그는 그 장소에서 신성을 체험했다. '신의 있음'은 그의 앎(혹은 모름)과 상관없다. '이곳에 계시는데도 알지 못했다'는 그의 말은 그가 알지 못할 때도 그분이 거기 계셨다는 사실을 이제 알게 되었다는 고백이다. 존재는 인식에 우선한다. 우리의 앎과 모름에 따라 어떤 존재가 있거나 없는 것은 아니다. 누구, 혹은 무엇의 있고 없음은 우리의 앎, 혹은 모름에 좌우되지 않는다. 있는 것은 우리의 앎과 상관없이 있고, 없는 것은 우리의 모름과 상관없이 없다.

"주님께서 이곳에 계시는데도 내가 그것을 몰랐구나"라는 야곱의 문장을 신이 '이곳에만' 있다는 뜻으로 읽는 것은 오독이다. '하나님의 집'이라는 표현을 특정 장소에 신이 거주한다는 뜻으로 읽는 것은 오해이다. 그가 거기에 이르러 거기에만 있는 신을 비로소 찾아냈다는 뜻일 리 없다. 그가 누워 잠든 그곳이 성소라는 뜻일 리 없다. 신을 만나기 위해 가야 할 '그곳', 거룩한 장소가 따로 있다는 뜻일 리 없다. 신을 만나기 위해 '그곳', 특정한 장소로 가야 한다는 주장은 신을 '그곳'에 고정된 이로, 하나의 존재자로 축소시킨다.

모든 존재자는 특정한 시간과 공간을 점유한다. 특정한 시간과 공간의 좌표를 가지지 않는 존재자는 없다. 그렇지만 신이 모든 존재자와 마찬가지로 특정한 시간과 장소를 점유하고 있을 리 없다. 존재의 근거, 존재의 깊이, 존재 자체(폴 틸리히)인 신이 유한한 존재자와 존재 방식이 같을 수 없다. 한 장소, 특정한 시간에 국한해서 존재할 리 없다. 그러니까 '하나님의 집', '하늘의 문'이 따로 있는 것이 아니다. 야곱이 신성을 체험한 그곳만 '하나님의 집'인 것이 아니다. 신성을 체험한 곳, 신을 만난 곳은 어디나 '하나님의 집'이고 '하늘의 문'이다. 야곱은 '그곳'에서 신을 만났다. 이 문장은 바르게 이해되어야 한다. 그곳이 신의 거주지이기 때문이 아니라 거기서 신이 그를 만나주었기 때문이다. 그곳이 '하나님의 집'이고 '하늘의 문'인 것은 맞다. 그러나 그곳만 '하나님의 집'이고 '하늘의 문'인 것은 아니다. 신은 특정한 장소에 고정되어 있지 않기 때문이다. 야곱이 경험한 것은 '어디에' 있는 신이 아니라 '어디에나' 있는 신이다.

3

카페에 마주앉아 휴대폰 화면을 들여다보며 손가락을 움직이는 연인을 본다. 간혹 얼굴에 엷은 웃음이 번지지만 그 웃음은 마주앉은 사람으로부터 말미암은 것이 아니고, 그 사람을 향하는 것도 아니다. 두 사람은 물리적으로 같은 장소에 있지만 실제로는 다른 곳에 접속해 있다. 같은 공간을 점유하고 있지만 다른 사람과 대화하고 있다. 같은 공간에 마주앉아 있지만 다른 사이트에 접속하여 음악을 듣거나 영화를 보거나 게임을 하거나 채팅을 하고 있다. 신체적으로 옆에 있는 연인의 마음이 실제로 어디에, 혹은 누구 옆에 가 있는지 말할 수 없다. 물리적 접촉이 만남의 증거가 되지 못한다. 물리적 공간의 점유가 친밀의 척도가 되지 못한다. 같은 공간에 있는 이 두 사람이 함께 있다고 말할 수 있을까.

종교 행사의 참여자는 자신의 전적인 동의나 신과의 인격적인 교통 없이도, 그저 틀에 박힌 익숙한 의식에 몸을(몸만) 내주고 있다가 그 행사장을 떠날 수 있다. 카페에 마주앉아 있지만 각자 다른 사이트에 접속해 있는 연인과 예배당에 앉아 있는 신자의 상태가 유사할 수 있다. 카페에 마주앉은 남녀가 실제로 어디에 접속해 있는지 알 수 없는 것처럼 물리적으로 예배당에 앉아 있는 사람 역시 실제로 누구와 만나고 있는지 말할 수 없다. 누구를 예배하는지 말할 수 없다.

제도화된, 굳은, 안전한 종교 안에서 많은 경우 신은 인간이 추구하는 욕망(이를테면 권력이나 출세나 부의 축적 같은)의 대체재, 혹은 그 욕망을 이루기 위해 사용하는 지렛대가 된다. 신은 쉽게 이용당한다. 몸은 예배당에 있지만, 권력이나 출세나 부의 축적 같은 욕망과 접속해 있다면, 그 욕망을 위해 병 속에 들어가 웅크린, 축소된 신을 이용하고 있다면, 그것을 예배라고 할 수 있을까. 물리적 공간에 제한되지 않는 신과의 만남이 물리적 공간의 참여를 통해(서만) 이루어진다는 주장만큼 이상한 것도 없다.

자신이 속한 종교 집단의 일원으로 자기 정체성을 확보한 상태의 어떤 종교인은 분별과 판단의 능력을 압수당한다. 전체의 일부로 흡수될 때 사람은 개별적 존재이기를 멈추고 공동체에 편입된다. 이는 신이 사람을 만나는 방식에 위배된다. 아브람과 야곱에게 그런 것처럼 신은 대체 불가의 유일한 '한 명'인 개인에게 다가오고 말한다. "주님은 마치 오직 한 사람만을 돌보시는 것처럼 우리 각 사람을 돌보시고, 우리 모두를 마치 한 사람인 것처럼 돌보십니다."(『고백록』) 아우구스티누스의 말이다. 사람이 신 앞에 하나의 인격적 존재라는 뜻이다. 신 앞에서 모든 개인은 유일하다. 우리는 유일한 개인들로서 모두이다. 사람이 하나의 인격적 존재일 때 신이 사람에게 말을 건다. 인류에게 말을 거는 것이 아니라 한 개인, 아브람, 야곱에게 말을 건다. 말을 걺으로써 사람을 하나의 인격적 존재로 만든다고 할 수도 있다.

신의 일부가 되어 있는 한 나는 신에게 갈 수 없다. 나의 일부가 되어 있는 신은 나를 찾아올 수 없다. 신에게 가기 위해서는 내가 신의 일부가 아니어야 한다. 타자여야 한다. 신이 나에게 오기 위해서도 신은 타자여야 한다. 흡수와 예속은 인간을 대하는 신의 방법이 아니고 신을 대하는 인간의 방법도 아니다. 인간이 신에게 흡수되어버릴 때 인간의 행동은 신의 행동과 같은 것이 된다. 인간의 어떤 과오도 인간의 책임이 아닌 것이 되어버린다. 그럴 때 인간은 신을 이용하거나 신을 이용하는 이들에게, 혹은 모든 책임을 신에게 떠넘기는 자신에게 이용당한다.

공동체는 집단이 아니라 고유한 '한 명'들의 모임이다. 몰입과 흡수, 예속이 신앙의 지표가 되는 순간 인간은 고유성을 잃

고 사유할 줄 모르는 기계, 프로그래밍된 내용에 따라 열광할
뿐인 기계가 된다. 기계의 부품이 된다. 제도화된, 굳은, 안전
한 종교가 신 앞의 유일한 존재인 사람의 지위를 빼앗는 일이
무의식, 무의지중에 발생한다. 집단은 '개별성을 삼키는 육체
의 집합체'이다.(알랭 핑켈크로트, 『사랑의 지혜』) 맹신은 믿음
의 최상급이 아니라 믿음의 반대말이다.

4

　모든 개혁은 근본적으로 강요된 것이다. 강요는 항상 외부
에서 온다. 코로나19 상황은 사람의 모든 삶에 대한 개혁을 요
구했다. 우리는 이제까지와 다른 삶을 주문받았다. 사회적 거
리 두기와 집합 금지와 비대면 예배는, 어떤 점에서 강요된 종
교개혁이다. 개혁은 흔히 전혀 다른 새로운 것의 발명이 아니
라 잃어버린 것의 회복을 통해 완수된다. 익숙해진 것은 낯설
어져야 한다. 고향과 친척과 아버지의 집을 떠나야 한다. 보이
는, 장소로서의 땅에 집착하지 말아야 한다. 사람이 대체할 수
없는 '한 명'의 고유한 존재로서, 규정되지 않고 규정될 수 없
는 신비인 신과 마주해야 한다. 인간의 탐욕과 욕망의 대체재

가 되어 있는 신을 구해야 하고, 전체의 부분으로 예속, 흡수시키는 맹신으로부터 인간을 구해야 한다.

이 상황은 종교 제도의 충실한 일원이 되어 있는 우리를 근본적인 질문 앞에 세운다. 이 질문은 1세기의 예루살렘 종교인들을 향해 예수가 던진 질문과 다르지 않은 것 같다. 제도화된 종교적 관행에 대해 예수는 신랄했다. 예수는 제물을 파는 사람들과 성전세를 내기 위해 환전해주는 사람들의 상을 뒤엎고 쫓아냈다. 그리고 성전을 강도의 소굴로 만들었다고 비난했다. 바리새인과 종교 지도자들을 나무랄 때, 안식일이 사람을 위해 있는 것이지 그 역은 아니라고 말할 때 그의 한결같은 말은 '종교인이 되지 말라'는 것이었다. 진리를 제도에 가두지 말라는 것이었다. 신을 편리하게 규정하지 말라는 것이었다. 항아리 속에, 자루 속에 억지로 욱여넣지 말라는 것이었다. 전체의 일부가 되거나 위선자가 되지 말라는 것이었다. 스스로를 속이지 말라는 것이었다.

우리가 이렇게 비참한 것은 보이지 않는 것을 보지 않기 때문이다. 보이는 것만 보기 때문이다. 보이지 않는 것을 보이는 것으로 만들어 보기 때문이다. '보여줄' 것을 그리워하지 않기 때문이다. 익숙한 땅을 떠나지 않기 때문이다.

이야기를 어디서 어떻게 끝낼까

1

에드거 앨런 포는 『아라비안나이트』에 나오는 셰에라자드의 운명에 대한 묘사가 잘못되었다고 지적한다. 셰에라자드의 운명? 우리가 알고 있는 셰에라자드는 이야기꾼이다. 그녀는 악한 왕의 침실에 들어가 천하루 동안 이야기를 들려줌으로써 자기 목숨을 구하고 왕국 안의 다른 여자들도 구한 지혜로운 사람이다. 여자에 대한 혐오와 적대감에 사로잡힌 왕은 자기 왕국의 여자 가운데 한 명을 취해 하룻밤을 보내고 이튿날 날이 밝기 전에 처형했다. 자발적으로 왕궁에 들어간 셰에라자드는 왕이 흥미를 가질 만한 이야기를 해주고, 그녀의 이야기를 이어서 듣기 원하는 왕은 그녀의 처형을 미룬다. 처형의 유보는 천하루까지 이어지고, 그녀는 왕비가 된다. 이것이 우리가 알고 있는 『아라비안나이트』의 결말, 셰에라자드의 운명이다.

이 결말에 대해 의심 많은 독자는 이의를 제기한다. '수없이 많은 해피엔드의 평범한 이야기들처럼 진실이라 하기에는 지나치게 행복한 결말'이라는 것이 에드거 앨런 포의 생각이다. 무엇이 문제라는 것일까. 포는 셰에라자드의 천이틀째 밤을 궁금해한다. 왜 그녀의 천이틀째 날에 대해서 말하지 않는가, 라고 묻는다.

이 질문은 마땅하지 않다. 이야기를 어디서 어떻게 끝낼 것인가는, 어디서 어떻게 시작할 것인가와 마찬가지로, 전적으로 이야기를 시작한 사람(작가)의 권리이다. 그러니까 이야기를 왜 거기서, 그렇게 끝내느냐고 묻는 것은 쓸데없는 참견이다. 독자에게는 그럴 권리가 없다. 『아라비안나이트』의 작가는 왕이 천하루째 밤을 지나고 나서 마침내 셰에라자드와 결혼하기로 했다는 결말을 선택했다. 천이틀째 밤에도 그녀는 이야기를 했을까? 이제 이야기를 하지 않아도 죽을 염려가 없어졌으니 멈추지 않았을까? 그렇지만 왕은 그녀의 이야기를 좋아했으니 다음날도 이야기를 해달라고 하지 않았을까? 왕이 요구했다면 그녀가 거절할 수 있었을까? 우리는 모른다. 책이 말하지 않기 때문이다. 책의 저자가 거기서부터는 침묵을 선택했기 때문이다. 거기서 이야기를 멈췄기 때문이다.

물론 그 선택이 순수하게 독자적이지는 않을 것이다. 작가는 고립적인 존재가 아니니까. 그에게는 나름의 사정이 있을 것이다. 그 선택에 관여한 요소들을 언급하는 것은 작가를 둘러싼 내적, 외적 조건들을 공개하는 일이 될 것이다. 그 선택은 때로 의식적이지만 더 자주는 무의식적으로 이루어질 것이다. 이야기를 하는 사람은 완전무결한 신이 아니고 고립되어 있지 않으며 감정의 진공 상태에 있지도 않다. 개인의 욕망이 투사되거나 시대의 공기가 스며드는 걸 피할 수 없다. 실은 사람과 시대의 욕망이 가장 잘 반영되어 있는 것이 이야기이다. 그러나 『아라비안나이트』처럼 누가 썼는지 모르거나 수없이 많은 사람이 거들었을 것으로 추정되는 이야기에 관여한, 관여했을 요소들을 찾아내는 것은 불가능하기도 하고 소득 없는 일이기도 하다. 시대의 요구에 대한 응답이라는 식으로 두루뭉술하게 말하고 넘어가는 편이 차라리 현명할지 모르겠다.

그런데도 어떤 이야기의 독자인 우리는 가끔, 결말이 왜 이렇지? 하고 고개를 갸우뚱하거나 이게 끝이라고? 라고 항의하고 싶어지는 경험을 한다. 예컨대 에드거 앨런 포처럼. 천하루 동안 하루도 빼놓지 않고 하던 이야기를 천이틀째 밤에는 하지 않았을까? 만일 그날 밤에도 이야기를 했다면 그 이야기는 어떤 것이었을까? 그 이야기에 대한 왕의 반응은 어땠을까?

그런 소설이 있다. 끝났는데 끝난 것 같지 않거나, 그렇게 끝나서는 안 될 것 같은 느낌이 드는 소설. 독자에게도 나름의 사정이 있다. 독자 역시 고립되어 있지 않고 감정의 진공상태에 있지도 않다. 그렇다고 해서 이미 있는 이야기를 바꿀 수는 없다. 독자에게는 그럴 권리가 없다. 독자가 할 수 있는 일은 이미 있는 이야기를 바꾸는 것이 아니라 이야기를 다시 짓는 것이다. 잠든 이야기를 깨우고 끝난 이야기를 살리는 것이다. 즉 작가가 되는 것이다. 그 길밖에 없다. 이미 있는 이야기는 바꿀 수 없지만, 그건 권한 밖이지만, 다르게 다시 하는 건 할 수 있다. 그걸 막을 권한은 누구에게도 없다.

모든 새로운 이야기는 이미 있는 이야기에 대한 이의 제기이다. 이야기는 부모 없이 태어나지 않는다. 부모가 너무 많을지는 몰라도 아예 없지는 않다. 이미 있던 이야기의 속편이나 덧붙임, 혹은 변주 아닌 이야기가 없다. 이야기 앞에 이야기가 있었다. 이야기 뒤에도 이야기가 있다. 뒤 이야기는 앞 이야기로부터 나온 것이다. 그렇지만 부모에게서 나온 자식이 고유한 것처럼, 앞 이야기에서 나온 뒤 이야기 또한 고유하다. 고유한, 자기 삶을 산다. '해 아래 새것이 없'고, 새것 아닌 것이 없다. 셰에라자드의 천일야화가 보여주는 것이 그것이다.

2

독자인 에드거 앨런 포는 셰에라자드의 이야기가 거기서 끝나서는 안 된다고 생각했다. 아마 그랬을 것이다. 그는 이 오래된, 광대한 책이 멈춘 천하루째 밤 이후, 천이틀째 밤의 셰에라자드를 상상했다. 아마 그랬을 것이다. 그랬다는 것은, 그의 머릿속에 다른 이야기의 줄기가 뻗어나가고 있었다는 뜻이다. 그는 그 줄기를 따라 「천일야화의 천두번째 이야기」를 썼다. 그는 새로운 이야기의 작가가 되지 않을 수 없었다.

천두번째 밤에 셰에라자드는 이렇게 말한다. "내 귀여운 동생아, 이제 교수형에 대한 그 모든 고통이 사라지고 흉악한 의무도 기쁘게 철회되고 나니 난 너와 왕에게 죄스럽구나. 신드바드 이야기의 대단원을 이야기하지 않기 때문이지." 동생과 왕은 천하루 동안 그녀가 하는 이야기를 들은 이들이다. 그녀는 신드바드가 훨씬 더 재미있고 다양한 모험을 겪었는데 그 이야기를 할 때 너무 졸려서 짤막하게 줄여버렸다고 고백한다. 그것이 미안하다고 한다. 그리고 이제 그녀가 너무 졸려서 하지 않았던 이야기, 신드바드의 더 재미있고 다양한 모험을 들려주겠다고 한다. 에드거 앨런 포의 소설에 의하면 그렇다.

고향으로 돌아와 여러 해 동안 평온한 생활을 하고 있던 신드바드에게 다시 외국을 여행하고 싶은 욕망이 생겼다고 (셰에라자드가 이야기하기 시작했다고) 포는 전한다. 그리고 신드바드가 여행중에 겪은 기이한 모험담이 펼쳐진다. 이야기하는 셰에라자드는 약간 신이 난 것 같다. 그랬을 것이다. 죽을지도 모른다는 두려움이 사라진 상태에서, 의무가 아니라 즐거움으로, 기꺼이 이야기를 풀어내고 있지 않은가. 그녀는 다마스쿠스나 바그다드의 모든 궁전을 합친 것보다 더 넓고 장대한 궁전들이 수없이 많이 만들어진 동굴 나라에 대해 말한다. 모든 사물이 정반대로 보이는 땅에 대해 말하고, 공중에서 자라는 식물들에 대해, 뼈가 쇠로 되어 있고 피는 끓는 물로 되어 있는 거대한 말에 대해, 지구 반대편에 있는 사람에게도 들릴 수 있는 큰 목소리를 가진 마술사에 대해서도 이야기한다.

문제는 왕의 반응이다. 처음에는 신이 나서 들려주는 셰에라자드의 새로운 이야기에 흥미를 보이던 왕은 차츰 지루해하고 재미없다는 듯 콧방귀를 끼고, 그러다가 나중에는 엉터리고 말도 안 되는 소리라고 불만을 드러낸다. 마침내 참지 못하고 그만하라고 소리친다. "네 거짓말로 인해 내 머리통이 지끈지끈하도다."

　그리고 셰에라자드의 운명은 『아라비안나이트』의 결말과 다르게 마무리된다. 그녀의 이야기를 들으며 말도 안 되는 소리 말라고 하고, 거짓말이라고 호통치던 왕은 날이 밝자마자 그녀를 처형한다. 왕은 망설이지 않는다. 천하루 동안 그녀를 살게 했던 '이야기'가 이제 그녀를 죽게 한다. 이야기를 함으로써 살 수 있었던 그녀는 이야기를 함으로써 죽었다. 어떻게 이런 일이 일어날 수 있을까.

　물론 왕의 변덕 때문이다. 왕은 천하루 동안 셰에라자드의 이야기를 좋아했지만 천이틀째 밤에는 더 듣고 싶어하지 않았다. 이런 일은 특별하지 않다. 변덕은 이례적인 현상을 가리키는 말이 아니라 어떤 특성을 지칭하는 말이다. 그렇기 때문에 왕이 변덕스럽다는 건 이의 제기의 대상이 되지 않는다. 변덕스럽지 않은 왕이 없는 건 아니지만 변덕은 왕의 권한에 포함되어 있다. 왕에게 허용되지 않는 권한이란 없다는 점에서 그렇다. 그런 점에서, 어쩌면 변덕은 왕의 속성 가운데 하나인지 모른다. 이렇게 해도 되고 저렇게 해도 된다는 점에서. 이렇게 하다가 저렇게 해도 된다는 점에서. 이렇게 하든 저렇게 하든 문제가 아니라는 점에서. 속성은 특징적 성격, 부여된 것. 그러니 지적되지 않는다. 속성을 지적하는 것은 존재를 타격하는 것과 같으므로. 왕에게 변덕을 부리는 것과 변덕을 부리지 않는 것은 차이가 없다.

그렇지만 그런 왕조차도 이야기를 바꿀 수는 없다. 그것은 그의 권리가 아니다. 그에게 주어진 무한한 권한에도 불구하고 이야기를 바꾸는 것만은 할 수 없다. 왕이 자기에게 주어진 권한으로 할 수 있는 것은 이야기를 중단시키는 것이다. 중단시킬 수는 있지만 바꿀 수는 없다. 이렇게 바꾸라, 저쪽을 택하라, 요구할 수 없다. 그렇게 하려면 그는 왕이 아니라 이야기꾼이 되어야 한다. 무한한 권한을 가진 왕이기를 포기하고 자기 뜻대로 이야기를 할 권한만 있는 이야기꾼을 택해야 한다. 권한이라고 할 만한 것이 거의 없는 이야기꾼에게 허용된 유일한 권한이 자기 뜻대로 이야기를 하는 것이다. 왕은 이야기를 중단시킬 권한을 가지고 있고, 실제로 그렇게 했다.

독자는 변덕이 권한이고 속성인 왕과 같다. 독자는 독자의 자리, 그 권능의 자리를 버리지 않는 한 이야기를 바꿀 수 없다. 바꿀 수는 없지만 그만하라고 소리지르고 말도 안 된다고 호통칠 수는 있다. 기꺼이 듣다가 어느 순간 지루해하고 짜증낼 수는 있다. 설령 그로 인해 그 이야기꾼/작가가 죽음에 이른다고 하더라도, 이 권능을 가진 왕/독자의 변덕을 막을 수 없다. 탓할 수 없다. 변덕을 부리는 것은, 왕에게는, 변덕을 부리지 않는 것과 차이가 없기 때문이다. 이야기꾼/작가에게 보장된 것은 순전히 자의적, 자발적으로 이야기를 할 권리이고, 왕/독자에게 보장된 것은 이야기를 듣거나 듣지 않을 권리이다. 왕/독자에게 보장되지 않은 것은 이야기꾼/작가의 이야기를 바꾸거나 바꾸라고 요구하는 것이고, 이야기꾼/작가에게 보장되지 않은 것은 왕/독자의 변덕에 이의를 제기하는 것이다.

3

이야기꾼인 셰에라자드의 운명은 이야기를 듣는 왕이 쥐고 있다. 그녀의 목숨을 천하루 동안 이어가게 한 것이 그녀의 이야기가 아니라, 그녀의 이야기를 듣는, 더 듣기를 원하며 귀를 기울였던 왕인 것처럼, 그녀의 목숨을 앗아간 것도 그녀의 이 야기가 아니라 그녀의 이야기를 듣는, 이제는 더 듣기를 원하지 않으며 짜증을 내는 왕이다. 더 듣기를 원하는 왕은 더 듣기를 원하지 않기도 한다. 더 듣기를 원하다가 더 듣기를 원하지 않기도 한다. 물론 그 반대일 수도 있다. 왜 그러냐고 따질 수 없다. 왕에게 이의를 제기할 수 있는 사람은 없다.

그런데 왕은 그렇게 흥미 있게 듣던 셰에라자드의 이야기를 이제는 왜 듣기 싫어하는 것일까. 변덕에도 나름의 이유가 있다. 왕은 그녀의 이야기를 엉터리라고 한다. 말도 안 되는 소리라고 하고, 거짓말이라고 한다. 왕이 그녀의 이야기를 더 듣고 싶어하지 않는 이유이다. 말도 안 된다는 것. 거짓말이라는 것.

그런데 에드거 앨런 포는 왕의 의견에 딴지를 걸 작정이라도 한 듯 셰에라자드가 하는 이야기(속 신드바드의 일화들)가 '말도 안 되는 거짓말'이 아니라는 사실을 유난스럽게 강조한다. 지어낸 것, 허구, 거짓이 아니라 이 세상 어딘가에 실제로 존재하는 사실이고 실화임을 아주 친절하고 설득력 있는 각주를 통해 부각한다. 예컨대 "다마스쿠스나 바그다드의 모든 궁전을 합친 것보다 더 넓고 장대한 궁전들이 수없이 많이 만들어진 동굴 나라"는 켄터키의 매머드 굴을 가리킨다. "모든 사물이 정반대로 보이는 땅"에는 이런 주석이 붙어 있다. "1790년 카라카스에 지진이 일어났을 때, 화강암질 토양 덩어리가 침강해서 지름이 칠백 미터, 깊이가 이십에서 삼십 미터까지 되는 호수가 생겨났다. 가라앉은 땅덩어리는 아리포아 숲의 한 부분이었고, 나무들은 물속에서 수개월 동안이나 초록색을 유지했다." "공중에서 자라는 식물"은 영양분을 공기에서 얻는 난초과의 에피덴드론, 플로스 아이리스라고 알려준다. "뼈가 쇠로 되어 있고 피는 끓는 물로 된 거대한 말"은 런던과 엑서터 사이를 잇는 대웨스턴 철도를 달리는 기차라고 설명한다. "지구 반대편에 있는 사람도 들을 수 있는 목소리"에는 "전기전보 인쇄 기구"라는 주석이 붙어 있다.

한국어 번역본으로 이십 페이지 남짓 되는 이 짧은 소설에는 정확히 서른여섯 개의 주석이 붙어 있는데, 그중 번역자가 붙인 네 개를 뺀 나머지 서른두 개가 모두 작가의 원주이고, 그것들은 모두 셰에라자드가 들려주는, 신드바드의 모험에 나오는 기이한 이야기들의 비허구성을 납득시키기 위한 자료와 부연 설명이다. 작가가 기울인 자료 수집의 수고에 고개가 숙여질 정도의 성실함이다.

에드거 앨런 포의 의도는 너무나 분명하고 노골적이어서 그의 뜻을 알아차리지 못하기가 힘들다. 그는 왕의 의견과는 달리, 셰에라자드가 들려주는 이야기들이 말도 안 되는 엉터리, 허무맹랑한 거짓말이 아니라는 사실을 강조하는 데 정말 열심이다. 엉터리라고? 말도 안 되는 거짓말이라고? 지어낸 이야기라고? 그럴 리가! 이건 사실이야. 지어낸 이야기가 아니라 실화. 어딘가에 있는 진짜 현실. 여기 자료가 있어. 이게 그 증거야…… 그러니까 포는, 소설가가 굳이 그렇게까지 할 필요가 없는 수단을 적극적으로 동원해가며 왕을 상대로 싸우고 있는 것처럼 보인다. 왕이 틀렸다는 사실을 주장하고 있는 것처럼 보인다. 왕에게 맞서고 있는 것처럼 보인다.

마법과 환상, 현실에서 일어날 수 없는 허구fiction에 열광하던 왕의 관심이 실제로 어딘가에 있는 진짜 현실, 비허구nonfiction를 접하자마자 시들해지고, 지루해하고, 짜증을 내고, 마침내 격노하는 데 이르렀다는 사실을 어떻게 이해해야 할까. 허구로 얻은 셰에라자드의 목숨은 비허구에 의해 사라진다. 그녀는 '없는' 것을 지어낸 이야기로 살았지만, '있는' 것을 말하는 이야기로 죽었다. 독자가 이야기에서 기대하는 것은 비사실이지 사실이 아니다, 라고 포는 말하고 싶은 것일까. 사실을 말하면, 작가는 죽는다, 그것이 이야기하는 사람의 운

198

명이다, 라고 경고하는 것일까.

이 경고가 왜 탄식처럼 들릴까.

4

"삶을 구성하는 힘은 현재에는 확신Überzeugungen보다는 '사실Fakten'에 훨씬 더 가까이 있다." 발터 벤야민의 『일방통행로』는 이 문장으로 시작한다. 이어지는 문장에서 그는 '사실'이 한 번도, 어느 곳에서도 어떤 확신/신념을 뒷받침한 적이 없었다고 말한다. 이 말은 아마 '사실'일 것이다. 그는 이른바 '확신'의 허구성을 폭로한다. 확신/신념은 사실에 의해 뒷받침되어야 하는데 한 번도, 어느 곳에서도 그런 적이 없었다. '한 번도, 어느 곳에서도…… 없었다.' 이 말은 인간의 본성을 직격한다. 인간은 사실보다 확신을 선호한다. 인류 역사를 이끌어오고 인간 사회를 물들인 수없이 많은 이런저런 확신/신념들 가운데 사실의 뒷받침을 받은 것이 하나도 없었다니!

벤야민은 확신Überzeugung의 복수형Überzeugungen을 썼다. 신념은 신념들이다. 여러 개다. 여러 개인 신념들은 다양성이 아니라 대결, 갈등, 혼란을 예정한다. 복수의 신념들은 사실과 무관하고 진리와 멀다.

사실의 토대 없이 신념이 만들어지는 것이 가능하단 말인가? 이를 묻는 것은 순진한 일이다. 에드거 앨런 포를 인용하는 것으로 충분할 것이다. 사람들은 사실을 듣고 싶어하지 않는다. '사실을 말하면 죽는다.' 사실은 사람을 짜증나게 하고 화나게 한다. 그래서 사실을 부정한다. 사실을 공격한다. 사실을 직시하면 자신들의 신념을 반성하고 교정하게 할 가능성이 높은데(왜냐하면 그들의 확신은 사실에 근거해서 만들어진 것이 아니기 때문에), 그렇게 하는 것은 확신에 따라 살아온 이제까지의 그들의 삶을 부정해야 하는 일이 되기 때문이다.

사실은, 사실 중요하지 않다. 사실은, 자기들의 확신을 보장해주고 강화시켜줄 수 있을 때만 중요하다. 이미 가지고 있는 확신을 보장해주고 강화시켜줄 수 있는 사실만을 수용하고, 그렇지 않은 것은 배제한다. 혹은 자기 확신을 보장해주고 강화시켜줄 수 있는 방향으로 수정하여, 왜곡하여 받아들인다. 그렇지 않은 사실은 부정한다. 말하자면 확신에 의해 사실이 비틀어진다. 확신은 사실을 부정하기도 하고 왜곡하기도 하고 창작하기도 한다. 희망, 혹은 증오, 혹은 두려움에 의해 무언가가 덧붙거나 떨어져나간다. 거대한 초록이 사라지고 눈곱만한 회색 얼룩이 도드라진다. 다른 뉴스가 나온다. 그 뉴스만 듣는 사람에게는 그것 외에 사실을 알 수 있는 다른 길이 없다. 그것 외에 다른 사실이 있을 리 없으므로, 없어야 하므로, 사실을 알려고 하지 않는다. 그 뉴스는 확신이 만든 것인데, 확신을 공유한 사람들에 의해, 예컨대 한방에 모여 있는 사람들끼리 한목소리로 떠드는 것과 같은 과정을 통해 한층 공고해지고 확실해지고, 불변의 진실이 된다.

그 방에서 나오는 순간 다른 목소리를 들어야 한다는 사실을 아는 어떤 사람은 두려워서 그 방을 나오지 않고, 어떤 사람은 심지어 그 사실조차 알지 못하기 때문에 나오지 않는다. 폴 틸리히는 불편함이 '회피'의 이유라고 지적한다. "당신이 진리를 회피하려 하는 것은 그것이 너무 심오해서가 아니라 너무 불편하기 때문입니다."(『흔들리는 터전』) 익숙한 방에서 나오는 것은 어려운 일이 아니라 불편한 일이다. 익숙한 방에서 나오지 않는 것은 그 방의 공기가 편하기 때문이다. 그 방안의 공기가 편한 것은 자신이나 자신과 다름없는 사람들의 호흡에 의해 이루어진 것이기 때문이다. 방은 하나의 세계다. 그러나 극복되어야 할 세계이다.

고속도로를 무려 십삼 킬로미터나 역주행하다가 잡힌 운전자가 있었다. 혈중 알코올 농도가 면허 취소 수준이었던 이 사람은, 자기는 똑바로 가는데 다른 사람들이 거꾸로 가는 줄 알았다고 말했다. 그는 경찰이 쫓아오며 차를 세울 때 자기가 무엇을 잘못했는지 몰라 의아했을 것이다.

십여 년 전에 영국에서 일 년을 지냈는데, 우리나라와 주행 방향과 운전석의 위치가 다른 것 때문에 애를 먹었다. 따로 주행 연수를 받았는데도 운전대를 잡으면 저절로 긴장이 되었다. 앞에 차가 있으면 뒤따라가면 되니까 그나마 다행이지만 내 앞에 차가 없을 때는 특히 조심해야 했다. 나는 내 운전에 자신을 가질 수 없었다. 그렇게 조심했는데도 실수를 한 적이 있다. 사거리에 멈춰 있다가 신호등이 바뀌어 출발할 때 반대 차선으로 들어간 것이다. 곧 실수한 걸 깨닫고 후진해서 나왔지만 진땀을 흘렸던 기억이 있다. 뒤따라오는 차가 없어서 다행이었지만 그보다 다행인 것은 진입하자마자 내가 실수했다는 사실을 알아차린 것이다. 그러지 않았다면 얼마나 더 역주행을 계속했을지, 그러다 무슨 사고를 냈을지 누가 알겠는가.

역주행은 위험하다. 그러나 정말로 위험한 것은 역주행을 하면서도 자기가 역주행하고 있다는 사실을 모르는 것이다.

거꾸로 가면서 바로 가고 있다고 확신하는 것이다. 역주행 가능성을 아예 상정하지 않는 것이다. 의심하지 않는 것이다. 이런 사람은, 깜짝 놀라 후진해서 돌아나오지 않는다. 도리어 자기가 옳다는 확신에 차서 바로 가고 있는 사람들을 잘못 가고 있다고 비난한다.

확신하는 사람은 의심하지 않는 사람이다. 확신이 만들어 제공한 '사실'을 가지고 있다고 '확신하기' 때문에 구태여 다른 '사실'을 찾을 이유가 없고, 그러니 의심할 리 없다. 확신하는 사람은 반성하지 않는 사람이다. 잘못 가는 사람이 반성하는 것이 아니라 잘못 가고 있다는 사실을 깨달은 사람, 혹은 자기가 잘못 가고 있지 않은지 의심하는 사람이 반성한다. 잘못 갈 가능성을 염두에 둔 사람에게만 반성할 가능성이 존재한다. 자기를 의심하는 사람만이 반성한다. 자기를 의심하지 않는 사람은 절대로 반성하지 않는다. 그런 사람에게는 반성이라는 옵션이 없다. 그들은 반성하는 대신 다른 사람들, 자기와 다른 쪽으로 가는 사람들을 비난한다. 바로 가는 많은 사람을 비난한다. 바로 가는 많은 사람을 잘못 가고 있다고 비난한다. 투철할수록 더 심하게 비난한다.

확신이 사람을 당당하게 만든다. 확신에 찬 사람은 우물쭈물하지 않는다. 눈치보지 않는다. 자신감은 주체적 자아의 표상이라고 선전된다. 말을 할 때도 글을 쓸 때도 거침없고 어디에도 막히지 않는다. "짐이 곧 국가다"라고 말한 사람은 절대군주 루이 14세였다고 알려져 있다. 루이 14세의 목소리가 곳곳에서 들린다. "내가 세계의 중심이다." 자신감이 권장되면서 자만심을 흡수했다. 미국 힙합 문화에서 유래했다고 알려진 플렉스Flex 현상이 과도한 자기 과시의 형태로 나타나면서 현대인이 동경하는 존재 방식이 되었다. 타인을 의식하고 눈치를 보는 것은 권장되지 않는다. 그것은 자기를 의심하는 것이므로 타당하지 않다. 자신감의 결여, 비굴함으로 치부되므로 해롭다. 해로운 것, 자기에게 이익이 되지 않는 것은 옳지 않은 것으로 간주된다. 옳지 않기 때문에 하지 말아야 하는 것이 아니라 이익이 되지 않기 때문에 하지 말아야 한다. 확신은 일종의 처세의 갑옷 같은 것이 되었다. 확신의 갑옷 없이 사람들을 만날 수 없다. 그러니 누구나 어떤 갑옷인가를 착용하려고 한다.

너무, 지나치게 사람을, '자아'를 부추기지 않았으면 좋겠다.

역주행 운전자의 그처럼 투철한 확신이 면허 취소 수준의 음주에서 비롯했다는 건 꽤 의미심장하다. 그는 만취했고, 분별력을 잃었고, 혹시 자기가 잘못 가고 있는지 돌아볼(의심해볼) 여유를 빼앗겼고, 오직 맹목의 확신에 사로잡혔다. 자기 자신의 오류 가능성을 절대로 인정하지 않는 사람은, 그렇다, 만취한 사람과 같다. 제어 불능의 이 상태는 정상이 아니다. 정상이 아닌데 다반사가 되었다.

5

"이념은 저항에 굴복하지 않는 광신자, 저항을 염두에 두지 않는 광신자를 필요로 한다"라는 문장으로 본회퍼는 예수의 가르침을 따르는 삶에 대해 말하면서 지나친 자기 확신의 위험을 경고했다.(『나를 따르라』) 어떤 선한 뜻도, 그것이 설령 진리라고 하더라도 강요의 방법으로 이루어선 안 된다고 그는 가르친다. 그럴 때 그 진리는 이념이 되고 만다고 그는 강조한다. 이념은 이념들이고, 결국 진리에서 떨어져나간다. 광신자가 된다. 그에 의하면 광신은 종교적 행동이 아니라 이념, 즉 신념의 행동이다. 광신은 사실을 묻지 않고 성찰도 의심도 하지 않는다. 광신자들을 필요로 하는 것은 종교가 아니라 이념이다. 광신이라는 종교적 열정에 의해 유지되는 것은 이념이다, 종교는 아니다. 그것은 신이 광신적 믿음을 요구하지 않기 때문이다. 광신적 믿음을 필요로 하고 요구하는 것은 인간이다, 인간이 만든 신념이다.

종교는 자기 확신과 아무 관계가 없다. 오히려 종교는 자기 확신의 부재, 자기를 의심하고 자기를 믿지 못하는 자의 믿음이다. "신앙은 의심을 제거함으로써가 아니라 그것을 자기 안에 있는 하나의 요소로 받아들임으로써 그것을 정복하는 용기다."(폴 틸리히) 이념은 반대다. 이념은 의심하지 않는, 의심을 용납하지 않는, 의심이 끼어들 틈이 없는, 끼어들어서는 안 되는 투철한, 무분별한 믿음의 체계이다. 이념은 투철한 확신을 가진 광신자들을 만들어내고, 그런 광신자들에 의해 막강해진다.

본회퍼는 제자들이 따라야 할 '(예수의) 말씀'과 '이념'을 대립시킨다. 이념은 강하지만 말씀은 그렇지 않다는 문장이 이어진다. "이념에는 불가능이 없지만 복음에는 불가능이 있다." 이 문장은 역설이 아니다. 광신자들에게는 불가능한 일이 없는데, 그것은 광신자들이 저항에 굴복하지 않을 뿐 아니라 저항을 염두에 두지도 않기 때문이다. 다른 힘을 염두에도 두지 않는 이들, 다른 길을 의식조차 하지 않는 이들을 이길 힘은 없다. 이념을 가진 이들의 믿음이 항상 더 강하고 투철하다.

많은 경우 종교는 이념에 이용당한다. 이념이 제 일을 하기 위해 종교적 명분을 앞세우거나 종교로 위장하는 일은 드물지 않다. 온갖 수단을 다 동원해 뜻을 이루려고 하는 것은 진리가 아니라 이념이 하는 일이다. "무슨 수를 써서라도, 세상의 온갖 수단을 다 동원해서라도 말씀을 강요하려 한다면, 이는 하나님의 살아 있는 말씀을 이념으로 만드는 셈이 될 것이다." 종교가 그렇게 할 때 종교는 이념이 되고 만다. 자기가 바르게 가는지 반성하지 않고 자기와 다른 방향으로 가는 사람을 비난하는 데만 열정을 쏟게 된다. 술 취한 사람과 다름없게 된다. 종교의 탈을 쓴 광신자들의 집단을 종교라는 이름으로 부를 수 없다. 그런 집단의 우두머리를 선동꾼이라면 모를까, 종교인이라고 할 수 없다.

광신자가 되지 말아야 하는 것은 그들이 지나치게 종교적이기 때문이 아니라 그들이 전혀 종교적이지 않기 때문이다.

"설득überzeugen은 비생산적인 것이다"라고 벤야민은 말한다. 신념과 신념이 부딪칠 때의 곤란함에 대한 말이다. 신념이나 설득으로는 안 된다. 확신 앞에 사실이 놓여야 한다.

물론 입장과 의견을 가지는 것은 필요하고 중요하다. 특히 말을 하거나 글을 쓰는 사람이라면. 입장과 의견 없는 단순한 사실의 나열은 지루하고 무의미하니까. 그러나 그 의견이 사실에 바탕하지 않았거나 진실과 거리가 있을 때, 확신이 제공한 허구일 뿐일 때 그 의견은 단지 확증편향의 다른 이름이므로 폐기되는 것이 마땅하다. 사실에 바탕을 두지 않은 확신은 흉기와 같아서 사람을 해친다. 벤야민은 현재가 확신보다는 '사실'에 기반한 사유가 힘을 발휘하는 시대라는 문장을 한 세기 전에(『일방통행로』는 1928년에 출판되었다) 썼지만, 우리의 현재는 여전히 확신이 사실을 삼키고 있는 시대이다. 사실이 어떤 곳에서도 한 번도 확신을 뒷받침한 적 없다는 그의 두번째 문장이 여전히 유효한 '현재'이다.

현재가 어느 시대보다 더 확신에 지배되는 시대인지는 모르겠다. 그러나 어느 시대 못지않은 확신의 시대라는 건 확실하다.

'사실을 말하는 자는 죽는다.' 에드거 앨런 포의 경고가 탄식처럼 들리는 이유이다.

비범함에 대한 유혹

1

 많은 사람이 그렇듯 나도 한때 헤르만 헤세의 세계에 속해 있었다. 『나르치스와 골드문트』를 '지와 사랑'이라는 제목의 책으로 읽었다. 『데미안』을 그보다 먼저 읽었는지 나중에 읽었는지는 확실하지 않다. 사춘기 소년이었고, 우울과 불만을 양식으로 삼고 지내던 시절이었다. 세계 안의 자아(의 혼란과 불안정함)를 최초로 인식하는 시기, 말하자면 에밀 싱클레어의 시간이었다.

 기억한다. 세상은 낯설고 대처하기 힘든 덩치 큰 상대로 내

앞에 있었다. 십대 초반에 서울로 온 촌뜨기에게 대도시는 무정하고 사나웠다. 집과 부모라는 울타리가 없어서 더 그렇게 느껴졌을 것이다. 사람들은 복잡하고 어지러운 세상을 요령껏 헤치고 다니며 살벌하고 은밀하게 눈빛을 주고받았고, 그 눈빛에 의해 덜떨어진 촌뜨기의 안절부절못함과 초조와 누추함이 여지없이 폭로되는 듯했다. 나가면 마주쳐야 했으므로 되도록 나가지 않으려 했다. 마주치면 상대해야 했으므로 되도록 숨으려 했다. 책의 은밀하고 안온한 어둠을 그때 알았다. 세상은 살벌한 빛으로 환한 골목길이었고, 독서는 내게 허락된 어두운 골방이었다. 세상에 의해 폭로될 안절부절못함과 초조와 누추함을 피하려고 나는 책 속에 칩거의 굴을 팠다. 책의 어둠은 안온해서 뒷골목의 살벌한 빛으로부터 보호받는 느낌을 주었다. 그런다고 누추함이 부정되거나 극복되는 것은 아니다. 세상이 갑자기 다정해질 리 없고 그 눈빛이 갑자기 누그러질 리도 없다. 부정되지도 극복되지도 않기 때문에 굴속으로 들어간 자는 오랫동안 나오지 못한다. 굴 밖의 위험이 사라지지 않는 한 굴속에 머물러 있어야 한다. 허겁지겁 책을 읽어야 한다. 그것은 부정이나 극복이 아니라 실은 외면이다.

그렇지만 외면도 하나의 방법이긴 하다. 철조망을 통과하는 요령에 '밑으로 통과'와 '위로 통과'만 있는 것은 아니다. '우

210

회' 역시 철조망 통과 요령 가운데 하나라는 걸 훈련병 시절 조교로부터 배웠다. 우회는 피해서 돌아가는 것이다. 통과하지 않는 것도 방법이다. 통과하지 않고도 통과할 수 있다. 참여가 아니라 외면하기 위해 읽은 책들이 세상, 개인의 남루함과 비루함을 폭로하는 데 열심인 것만 같은 이 무정한 세상의 환한 빛을 상대할 힘을 제공한다는 것은 역설이다. 이런 식의 의외의 효과가 아주 드물게 나타난다. 피했는데 만나거나, 하려고 하지 않았는데 한 셈이 되거나, 이쪽을 향해 걸었는데 저쪽에 이르는 것과 같은 일. 유해하지 않은 부작용도 있는 것이다.

말하자면 어둠 속에 오래 가만히 있으면 생기는 눈ㅌ과 같다. 어둠과의 깊은 포옹으로 만들어진 이 눈은 빛의 자극에 반응하는 것이 아니라 어둠과의 교감을 통해 사물을 인식한다. 그 눈으로 세상을 마주할 만해지면 아주 천천히 밖으로 나올 수 있다. 조심스럽게, 살 수 있다.

'나'의 결정적인 요소가 그 굴속에서 만들어진다. 그 시절, 그 어두운 굴속에서 얻은 눈으로 세상을 보며 산다. 어떤 눈을 가지느냐는 '그때' '거기서' 어떤 책을 읽느냐에 따라 달라진다. 독서는 눈을 얻는 체험이다. 읽은 책들에 의해 각기 다른 눈이 생긴다. 굴속의 시간은 형성의 시간이다. 세상의 모든 에밀 싱클레어는 그때 거기서 빚어진다.

2

나는 『데미안』 같은 책을, 『데미안』을 읽을 때까지, 읽은 적이 없다고 느꼈다. 그것은 그 책이 나의 내부를 비춘 최초의 거울이었기 때문이다. 그 책은 내시경과 같았다. 아니, 나에게 내부가 있다는 것을 알려준 최초의 목소리였다. 프란츠 크로머라는 불량한 소년에게 붙들리고 데미안에게 홀리는 소설 초반의 에밀 싱클레어에게 나는 자발적으로 이입했다. 그의 뒤틀린 욕망과 두려움과 굴종과 수치가 다 나의 것이었다. 실제로 나는 크로머 같은 사람을 만났고, 데미안 같은 사람도 만났다. 크로머 같은 이를 만난 곳은 밤, 골목이었고, 데미안 같은 이를 만난 곳은 낮, 교회였다. 그러니까 자발적인 이입은 작가가 내 이야기를 하고 있었기 때문이다. 내 고뇌를 내시경으로 비추고 있었기 때문이다.

유년의 기억을 회고하는 이 부분에 헤르만 헤세는 소설에서 하려고 하는 말의 거의 모든 것을 다 썼다고 나는 생각한다. 이후의 전개는 이 눈부신 주제에 대한 변주일 뿐이다. 다양하고 풍부한 변주는 반복적으로 주제를 가리키고 주제를 상기시키고 주제로 회귀할 것을 주문한다.

한 개인은 세계 속에 놓인다. 세계는 개인의 삶에 침투하고 간섭하고 반사하고 굴절하고 회절한다. 간섭과 반사와 굴절과 회절의 경향과 정도에 의해 개인의 고유한 삶이 만들어진다. 이것을 우리는 이야기라고 한다. 개인은 이 세계의 간섭과 반사와 굴절과 회절에 맞서 싸우며 자기 운명을 만들어간다, 그러려고 한다. 그렇게 자기 자신이 되어간다, 그러려고 한다. 『데미안』은 그런 책이다.

소설의 초반에서, 에밀 싱클레어는 프란츠 크로머라는, 자기보다 서너 살 많은 불량한 소년에게 약점이 잡혀 노예 상태가 된다. 그가 약점이 잡히는 것은 유혹 때문이다. 모든 이야기의 시작에 유혹이 있다. 에밀 싱클레어를 유혹한 것은 프란츠 크로머의 불량함, 악이다. 아니다. 모든 유혹은 외부가 아니라 내부에서 발동한다. 모든 욕망은 매개된 것이라는 르네 지라르를 따라 이해하자면, 프란츠 크로머는 다만 매개자일 뿐이다. 그는 에밀 싱클레어가 무엇인가를 욕망하도록 자극한다. 프란츠 크로머가 나타나기 전에는 없었던, 자기 안에 그런 게 있다고 생각해본 적 없는 욕망이 에밀 싱클레어에게 나타난다. 비범함에 대한 유혹이 그것이다.

헤르만 헤세는 두 세계를 대비시킨다. 에밀 싱클레어와 프란츠 크로머는 다른 세계에 속해 있다. 한쪽에 모범과 교육, 광채와 투명함과 청결함의 세계가 있고 다른 쪽에 거칠고 무시무시하고 무질서한 세계가 있다. 두 세계는 서로 너무나 다르다. 문제는 이 구별된 두 세계가 맞닿아 있다는 데 있다. 맞닿아 있는데 금지되어 있다는 데 있다. 금지되어 있는데 유혹적이라는 데 있다. 열기 전까지는 해를 끼치지 않는 폭탄 상자를 생각해보라. 먹지 않으면, 먹지 않을 때까지만 해롭지 않은 저 인류 최초의 동산에 있었다는 선악과는 어떤가. 그 상자는 아주 가까이에 있고, 좀처럼 눈 밖으로 벗어나지 않고, 그 나무 열매는 '먹음직하고 탐스럽기'까지 한데, 손만 뻗치면 언제든 닿을 수 있는 위치에 있다.

에밀 싱클레어는 프란츠 크로머 앞에서 하지도 않은 도둑질을 했다고 자발적으로 거짓말을 지어낸다. 과수원에서 사과를 한 자루 훔쳤다고 거짓 이야기를 지어냄으로써 크로머의 세계로 스스로 발을 내디딘다. 그는 왜 그러는 것일까. 그는 왜 하지도 않은 나쁜 일을 했다고 거짓말을 하는 것일까. 물론 두려

움 때문이다. 어리석음 때문이기도 하다. 그러나 그것이 전부
는 아니었다. 프란츠는 강물을 향해 침을 뱉는데, 그 모습은
어른처럼 보인다. "아이들은 학교에서 있었던 온갖 소소한 무
용담과 악의적인 장난질을 늘어놓으며 자랑하고 뻐겨댔다."
두려움이나 어리석음과는 다른 주제가 여기에 숨어 있다.

프란츠 크로머의 세계는 에밀 싱클레어의 세계와 다르다.
저속하고 어른스럽고 금지되어 있는 세계이다. 우리는 두려움
과 은밀한 달콤함 속에서 다른 사람, 금지된 세계에 이끌린다.
에밀 싱클레어는 열기 전까지는 해를 끼치지 않는 폭탄 상자
를 엶으로써 더이상 자유로울 수 없는 인간이 되었다. 허용되
지 않은 것에 대한 욕망에 인간이 이처럼 취약하다. 이 부자유
가 스스로의 선택이라는 것보다 더 비참한 것은 없다. 이 비참
함은 역설적이라기보다 인간적이다. 인간은 주어진 자유로 부
자유를 선택한다. 이야기를 지어낼 수 있는 능력, 거짓말할 수
있는 자유가 부자유의 원인이 되었다. "나의 죄는 내가 악마에
게 손을 내밀었다는 것이었다."

도대체 그는 왜 하지도 않은 도둑질을 했다고 거짓말을 한
것일까. 그는 왜 스스로 나쁜 사람으로 가장하는 것일까. 하지
않은 선행이라면 몰라도, 하지 않은 악행을 뽐내려는 마음을

어떻게 이해해야 할까. 악에 대한 대범함을 과시하는 것처럼 보이는 이 허영심을 어떻게 받아들여야 할까.

에밀 싱클레어의 이 특별한 거짓 자백을 '악에 대한 이끌림'으로 단순화하는 건 오해일 가능성이 크다. 에밀 싱클레어를 유인한 것은 악이 아니라 비범함이었다. 자신이 도둑질을 했다고 거짓말을 지어낼 때 그에게 악에 대한 인식, 악을 과시하려는 마음이 있었다고 단정하기 어렵다. 나쁜 놈이기를 바란 것이 아니라, 자기(의 상태)를 뛰어넘는 사람이기를, 그렇게 보이기를 바란 것이다. 그는 프란츠 크로머의 악이 아니라 평범한 자기와는 너무나 다른 어른스러움, 틀과 규범에 구애되지 않는 자유로움에 매력을 느꼈다. 인간은 악에 이끌리는 것이 아니라 비범함에 이끌린다. 악을 행하고 싶은 것이 아니라 악의 어떤 속성인 비범함을 소유하기를, 소유하고 있다고 내세우기를, 그렇게 보이기를 원한다. 모든 유혹의 핵심에 이 욕망이 깃들어 있거니와 특히 이런 유혹에 취약한 시기가 있다. 에밀 싱클레어의 시간이다.

3

에덴동산의 최초의 인간들은 신이 먹지 말라고 한 과일을 먹었다. 신은 동산 안의 모든 과일은 마음대로 먹어도 되지만 동산 중앙에 있는, 선악을 알게 하는 나무만은 먹지 말라고 명령했다. 뱀이 나타나 유혹의 말을 하기까지 그들은 신의 말을 지켰다. 그 나무에 손대지 않았다. 뱀이 그들에게 다가와 유혹한 시점을 우리는 모른다. 그 금령이 얼마 동안 지켜졌는지 우리는 모른다. 먹지 말라는 신의 지시가 있고 얼마나 시간이 지난 후에 뱀이 하와에게 나타나 유혹했는지 우리는 모른다. 그렇지만 금령이 내려지자마자는 아니었을 것이다. 모르긴 해도 상당한 시간 동안 신의 명령이, 의심 없이 지켜졌을 것이다. 그랬다는 것은 아담과 하와가 뱀이 유혹할 때까지 상당한 시간 동안 그 금지된 과일을 먹으려 하지 않았다는 뜻이 된다. 그 최초의 인간들이 금지된 것에 유혹되지 않았다는 뜻이 된다. 그 과일은 동산의 '다른 나무들과 마찬가지로' 먹음직스럽고 보기에 아름다웠다. 이것이 힌트가 아닐까. 동산에서 자라는 모든 나무가 (선악을 알게 하는 나무만이 아니라) 보기에 아름답고 먹기에 좋은 열매를 맺었다고 창세기는 기록한다.(창세기 2:9) 금지된 그 나무만 유독 보기에 좋고 먹음직스러웠던 것이 아니라는 뜻이다. 동산의 인간들에게 그 나무는 유별나지 않았다. 신의 명령이 그 나무를 유별나게 만들었다. 그 명령이 없었다면 그들은 다른 나무의 열매를 먹듯 그 나무의 열매도 먹었을 것이다. 그들이 먹지 않은 것은 신이 먹지 말라고 했기 때문이다. 그 나무는 다른 나무들과 차이가 없었다. 특별히 더 아름답지도 더 먹음직스럽지도 않았다. 그 나무가 동산의 다른 나무들과 구별되는 것은 모양이나 맛이 아니라 '그 나무의 열매를 먹지 말라'는 신의 금지에 의해서이다. 그러나 신의 명령에도 불구하고 그들은 그 나무에 유혹되지 않았다.

금지된 것은 유혹한다고 우리는 생각한다. 에덴동산의 인간들이 그 나무 열매에 유혹된 것은 신이 그것을 금지했기 때문이라고 생각하고 싶어한다. 금지하지 않았으면 범하지 않았을 터이므로 책임이 신에게 있다는 이런 생각은, 심리학적 적합성을 갖는 것 같지만 실은 논리적으로 모순이다. 금지되지 않은 나무의 열매를 따먹는 것은 범하는 것이 아니다. 금지되지 않은 것을 범할 능력은 누구에게도 없다. 금지된 것이 욕망하게 하는 것이 아니라 욕망을 불러일으킬 만한 것이 욕망하게 한다. 이 최초의 인간들은 금지된 열매에 현혹되지 않았다. 그러니까 보기에 좋지도 않고 먹음직하지 않음에도 불구하고, 단지 금지되었다는 이유로 탐하게 될 거라고 단정하는 것은,

적어도 이 맥락에서는 옳지 않다. 보기에 좋고 먹음직하다고 해도 금지되지 않았다면 탐하지 않을 거라고 단정하는 것도 마찬가지로 모순이다.

신의 '금지'가 에덴동산의 이 최초의 인간들을 유혹한 요인이라고 단정할 수 없다. 그들은 그 금지된 나무의 열매를, 뱀이 다가와 유혹할 때까지 따먹지 않았다. 금지되었음에도 불구하고, 가 아니라 금지되었기 때문이다. 그들은 그 나무의 열매가 금지된 사실을 분명히 인지하고 있었지만, 뱀이 다가와 유혹할 때까지 유혹되지 않았다. 금지되어 있다는 것이 그들의 욕망을 더 자극하지 않았다. 그들을 넘어뜨린 것은 금지한 신의 말이 아니라 뱀이 한 어떤 유혹의 말이었다. 뱀은 그들에게 이 열매를 먹으면 눈이 밝아져 선과 악을 알게 되고, 신처럼 될 것이라고 말했다. 그것 때문에 신이 먹지 못하게 한 것이라고 말해서 인간들의 마음을 흔들었다. 신은 그 나무의 열매를 먹으면 죽을 것이라고 했고, 그것이 금지의 이유였으므로, 그 말을 들은 그들은 흔들리지 않았다. 그러나 뱀은 그 나무의 열매를 먹으면 너희도 신처럼 될 거라고 했고, 그것이 신이 금지한 이유라고 속닥거렸으므로 흔들렸다.

뱀은 다른 나무들과 별 차이가 없는 그 나무에 엄청난 차이를 부여했다. '너희도 신처럼 될 것이다.' '선과 악을 알게 될 것이다.' 보기에 아름다워서도 아니고 먹음직스러워서도 아니었다. 금지된 것에 대한 호기심이나 반항심도 아니었다. 그들은, '너희도 신처럼 될 것'이라는 말에 유혹되었다.

르네 지라르의 모방이론으로 창세기의 이 텍스트를 해석하는 자리에서 장미셸 우구를리앙은 신의 소유('나무의 열매를 먹지 말라')가 아니라 신의 존재('신처럼 될 것이다')에 대한 모방으로 넘어가도록 하와의 심리 변화를 이끌어낸 뱀의 계략이 성공한 거라고 설명한다.(『욕망의 탄생』) 신의 소유를 욕심낸 것이 아니라 신의 존재에 흔들린 것이다. 인간은 신처럼 되고 싶어졌다. 비범함에 대한 유혹이 저 근원의 시간, 최초의 인간들의 마음을 뒤흔들었다.

인간 안에 있는 이 어두운 욕망을 폭로하고 계시하는 것은, 헤르만 헤세에 의하면, 다른 종류의 비범함이다. 에밀 싱클레어의 곤경 속으로 찾아온 데미안은 악에 맞서는 선의 화신이 아니라 비범함의 현현이다. 이 사실은 에밀 싱클레어가 맞이한 유혹이 악에 대한 것이 아니라는 분명한 증거이다. 악이었다면, 프란츠 크로머와 맞서는 영웅인 데미안은 선의 화신으로 나타났어야 할 것이다. 그러나 데미안은 선이나 악이 아니라 그것들에 얽매이지 않는 초인, 비범함으로 표현된다.

할리우드 영웅물의 어떤 캐릭터보다 더 극적으로 이 무대, 악에게 조종당하고 농락당하는 에밀 싱클레어의 곤궁 속에서 등장한 데미안은 할리우드 영웅물의 어떤 캐릭터보다 더 확실하게, 그러나 그들과는 전혀 다른 방법으로 에밀 싱클레어의 문제를 해결한다. 에밀 싱클레어는 크로머의 덫에서 벗어난다. 그러나 이 구원자의 힘은 육체적이거나 물리적인 것이 아니다. 눈에 보이지 않는 비범함, 일종의 정신력 같은 것이다. 이것은, 유혹이 그런 것처럼, 인간의 내부에 있는 것이다.

데미안은 이 세계에 속한 자가 아니었다. 크로머와는 다른 방식이지만, 그럼에도 그 역시 유혹자였다.

이 구원자가 에밀 싱클레어를 괴롭히는 추악한 인물인 크로머와 마찬가지로 (비록 다른 방식이라고는 해도) 유혹자라는 것은 무슨 뜻일까. 이 세계에 속한 자가 아니라고 소개된 이 두 캐릭터가 실은 에밀 싱클레어, 즉 우리의 내부에 있다는 뜻이 아니라면 무엇이겠는가. 우리는 왜 비범함을 동경하는 걸까. 우리 안에 그 가능성이 깃들어 있기 때문이 아닌가. 우리는 악마가 될 수도 있고 천사가 될 수도 있는데, 그 가능성은 외부

에 있지 않고 내부에 있다. 때로는 외부의 자극이 절대적인 것
같다. 외부의 자극에 의해 이런 존재가 되거나 저런 존재로 만
들어지는 것 같을 때가 있다. 그러나 우리 안에 이런 존재나
저런 존재가, 가능성의 형태로 들어 있지 않다면, 외부의 자극
에 의해 이런 존재가 되거나 저런 존재로 만들어지지 못할 것
이다. 어떤 자극에도 자극받지 않을 것이다. 어떤 큰 자극도
자극이 되지 않을 것이다. 우리 안의 존재가 우리에게 그처럼
낯선 것은 우리가 그만큼 많기 때문이고, 확정되어 있지 않기
때문이고, 우리가 우리를 모르기 때문이다. 이 말을 헤르만 헤
세는 『데미안』에서 수없이 자주, 이렇게 저렇게 표현을 바꿔
가며, 거의 필사적이라는 느낌이 들 정도로 끈질기게 한다.

나는 나의 내면으로부터 뿜어져나오려고 하는 것, 바로
그것을 실현하며 살고 싶었을 뿐이다.
(……)
모든 인간의 삶은 자기 자신에게로 향하는 길이다.

4

불안하고 혼란스럽던 시절의 나는 헤세의 저 생각에 매료되었다. 나의 유일한 과제는 나 자신이 되는 것, 나 자신에게 도달하는 것이 되었다. 그러나 물론 오독이라는 걸 안다. 그때도 아마 알았을 것이다. 오독은, 많은 경우 자의적이고 기만적이다. 나는 '자기 자신이 되라'는 충고를 '다른 사람과의 교류, 세상과의 유대를 피하라'는 명령으로 왜곡해서 받아들였다. 데미안이 권유하는 자기완성을 향한 적극성은 세상에서 도피할 구실이 되었다. 나는 나를 구성하고 있는 세계—둘러싼 환경들과 조건들과 사람들에 순응하거나 극복하는 대신 오로지 나 자신에게만 몰두하면 된다는, 필시 유혹이었을 목소리에 재빨리 넘어갔다. 세상은 복잡했고 싸움터였고 악다구니의 현장이었다. 적은 너무 커서 상대할 수 없었다. 나는 내 처지의 열악함과 현실에 대한 불만과 세상에 대한 적의를 내면에의 몰두로 대치하고자 했다. 세상과 싸우지 않고 나와 싸우기로 했다. 그것은 세상을 상대하기 버거워 나를 적으로 만든 것과 같았다. 그렇게 하여 몰인정하고 이해하기 힘든 세상을 무시할 수 있는 구실을 획득하는 데 성공했다.

그런데 그렇게 된다는 것은, 자기 자신이 되고 자기 고유의 운명을 발견한다는 것은 어떻게 한다는 것일까? "그것이 왜 그렇게 어려웠을까?"라고 에밀 싱클레어는 한탄한다. 그것이 어떻게 그만의 한탄이겠는가. '나'가 세상보다 상대하기 쉬운 적이라는 생각은 순진하고 어리석다. 그것은 '나'를 맞상대하지 않았을 때만 할 수 있는 생각이다. '나'는 세상만큼, 세상과는 다른 방식으로 까다롭고 몰인정하고 이해하기 어렵다. '나'는 항상 나보다 세다. 전장이 바뀌는 것뿐이다. 그 싸움이 만만하다는 보장은 어디에도 없다.

게으름 때문에 인간은 쉽게 기존의 금지 조항에 순응한다고 데미안은 말한다. '게으름'이라는 단어는 순화된 것이다. 여기에 붙을 제대로 된 주석은 아마 '타성', 혹은 '인간의 본성'일 것이다. 여간해서는 뒤집히지 않는 것이 본성이다. "잠들어 있을 때 우리는 모든 힘을 다해 깨어나지 않으려고 한다. 온 힘을 다해 죽지 않으려 하듯이."(김홍중, 『은둔기계』) 그렇게 하는 이유는 깨어남이 폭력이고 파괴이기 때문이라고, 우리가 그렇게 인식하기 때문이라고 사회학자 김홍중은 말한다. 그의 문장은 『데미안』의 그 유명한 문장―"새는 몸부림치며 알을 깨고 나온다. 알은 세계이다. 태어나고 싶은 사람은 하나의 세계를 깨뜨려야 한다"—을 뒤집은 것이다.

비범함은 비범하지 않은 사람을 유혹하고 괴롭힌다. 비범해지라고 유혹하고 비범해지지 못하는 자신을 탓하도록 괴롭힌다. 그래서 우리는 차라리 깨어나지 않는 쪽을 택하려 한다. 자기 자신이 되지 않는 쪽으로, 알 속에 고착하는 쪽으로, 타성과 고정관념에 순응하는 쪽으로 몸을 웅크린다. 알 속에 있을 때가 가장 안전하다. 그 속은 복잡하지도 않고 시끄럽지도 않다. 알을 깨고 나오려고 시도하지 않을 때 우리는 평온하다. 쓰라리지도 않고 아프지도 않다. 갈등도 없고 사유도 없다. 그래서 '모든 힘을 다해 깨어나지 않으려고 한다.'

비범함에 유혹될 것이 아니라, 스스로 비범한 쪽으로 나아가야 한다. 외부의 자극에 대한 모방이 아니라 자기 안에서 길을 찾는 탐구여야 한다. 인간의 본성, 즉 알 속에 안주하려는 나태를 뒤집어야 한다. 비범함의 유혹에 넘어가지 않기 위해서 비범함이 필요하다.

에밀 싱클레어의 방황과 성장의 기록을 읽는 일은 경이롭지만 편하지 않다. 우리가 걸어온 시행착오의 과정을 거울로 보는 일이기도 하기 때문이다. 물론 방황과 성장의 단계마다 여러 명의 스승이 나타나 도왔다. 데미안, 베아트리체, 피스토리우스, 에바 부인. 우리에게도 그런 인물들, 사건들과의 만남이 있었다. 인생의 고비에서 누군가를, 어떤 일이나 기회, 책, 문장을 만나지 않았다면 삶이 얼마나 더 엉망이 되었을까. 이만큼이라도 된 것은, 그러니까 '나'를 깨우고 나 자신의 가능성을 발견하도록 도운 스승들이 있었기 때문이다.

그런데 이 스승들은 누구일까? 인생의 고비마다 각기 다른 모습으로 나타나 에밀 싱클레어를 각성하고 이끌어간 이들은 누구였을까? 헤세가 묘사한 데미안의 얼굴을 떠올려보자. 그는 소년도 아니고 성인도 아니다. 여성이기도 하고 노인이기도 하다. 그는 천년을 산 사람 같기도 하고 유령 같기도 하다고 묘사된다. 그를 어떤 형상으로도 표현할 수 없다. 데미안은 규정되지 않는다. 한 사람이 아니라 여럿이기 때문일 것이다. 고비마다 에밀 싱클레어를 찾아왔던 이들, 베아트리체, 피스토리우스, 에바 부인이 다 데미안이라고 하지 않을 이유가 있는가. 그리고 이들, 여럿의 데미안이 모두 내 안에 있는 존재들이라고, 나와 '다른' 나로 내 안에 있다고 말하지 않을 이유가 있는가.

"그가 실제로 무엇이었는지 나는 모르겠다. 하지만 그는 달랐다"라고 싱클레어는 고백한다. 이 소설의 마지막 문장은 싱클레어가 자신에게서 데미안을 보는 것으로 끝난다. "그 형상은 이제 그와 완전히 닮아 있다. 나의 친구이자 인도자인 그와."

데미안은 다른 나, 타자로서의 나, 낯선 나로 내 안에 있다. 낯설되 나여야 한다. 나이되 낯익지 않아야 한다. 낯선 타인은 크로머처럼 나를 억압하고, 낯익은 나는 깨어나지 못하게 한다. 데미안과 만나지 못하게 한다.

나는 나의 방법이 알 속에 웅크리는 것이었음을 이제 안다. 알 속에 웅크리는 것을 자기 자신이 되는 것인 양 호도하고 오도했음을 인정한다.

시인 최승자는, 썩지 않으려면 다르게 기도하는 법, 다르게 사랑하는 법을 배워야 한다고 충고한다. "절대로 달관하지 말 것/ 절대로 도통하지 말 것".(「올 여름의 인생 공부」) 앙드레 지드는 익숙한 세계에 안주하지 말라고 권유한다. "그대를 닮은 것 옆에 머물지 말라. 결코 '머물지 말라', 나타나엘. 주위가 그대와 흡사하게 되면, 또는 그대가 주위를 닮게 되면 거기에는 이미 그대에게 이로울 만한 것이 없다. 그곳을 떠나야만 한다."(『지상의 양식』)

낯설고 다르고 무한한 존재, 우리 내부에 있는 이 타자와 마주하는 것이 자신에게 도달하는 길이다. 그러나 자신에게 도착하는 일은 아마 마지막까지 일어나지 않을 것이다. 도달하기 위한, 그러니까 하나의 세계인 알을 깨고 나오기 위한 몸부림이 마지막까지 이어질 뿐이다, 라고 나는 『데미안』을 이해한다. 그렇지만 도달하지 못한다고 해서, 그 몸부림이 의미가 없는 것은 아니라는 걸 나는 안다. 도달하지 못한다고 해서 도달하려는 시도조차 하지 않는 것은 잠에서 깨지 않는 삶을 사는 것과 같다는 것을 나는 안다.

대기만성

1

어떤 작가의 신작 소설에 대해 말하면서, 그 작가에 대해 '대기만성형 작가'라고 소개한 것을 읽었다. 사람은 누군가에게 어떤 식으로든 평가받기 마련이고, 그 평가는 대개 그 사람이 해온 일에 근거한다. 가능성이 평가의 기준이 될 때도 그 평가는 해온 일로부터 산출된다. 창작자에게 평가는 불가피하고, 평가의 기준은 평가하는 이의 내부에 있을 터이니 창작자가 어떻게 할 수 있는 영역이 아니다. '나는 어떠어떠한 작가다'라고 선언할 수는 있지만, 그 선언이 곧바로 평가가 되는 것은 아니다. 선언은 자기 다짐에 가깝지만, 평가는 해온 일에 대한 규정에 다름 아니다. 그 배경이나 요인은 평가자의 것이다. 선언이 평가와 어긋날 수 있는 것처럼 평가 역시 선언과 어긋날 수 있다. 평가의 배경이나 요인이 다르니 평가와 평가 사이에 충돌이 일어나는 것도 자연스럽다.

그런데도 그 '대기만성형'이라는 수식어를 대할 때 내 마음이 조금 갸우뚱했던 것은, '큰 그릇은 늦게 이루어진다'는 뜻으로 알려진 '대기만성'이라는 사자성어 때문이었다. 소설가로 산 지 삼십 년이 넘은 작가에게 붙은 그 수식어가 어딘지 어긋나 보였던 것 같다. 그 작가는 그다지 게으르지 않아서 발표한 작품이 꽤 많았고, 문학상도 여럿 받은 터였다. 꾸준히 창작 활동을 해온 삼십 년 경력의 작가에게 대기만성이라니! 어딘가 어색하지 않은가, 라고 생각했던 것 같다.

'대기만성'에는 두 가지 함의가 있다. '아직 이루어지지 않았다'가 하나이고, '크게 이루어질 가능성이 있다'가 다른 하나이다. 아직 미완이다, 그러나 이루어진다면 큰 그릇이 될 것이다. '이루어지지 않았다'는 부정은 '큰 그릇이 될 것이다'라는 긍정에 의해 판단이 미뤄진다. 했거나 하지 못한 일에 대한 평가가 할 일에 대한 기대에 의해 유보된다. 미래를 담보로 잡고 만기에 이른 과거를 연장해주는 격이다.

이 유보와 연장은 이미 한 일보다 앞으로 할 일을 기대할 때 이루어진다. 그래서 한 분야에서 꽤 경력을 쌓은 사람을 향해 이런 평가 유보를 할 때는 약간 의아해지지 않을 수 없다. 가능성을 인정받는 것은 물론 좋은 일이다. 더구나 큰 그릇이 될 가능성이라지 않은가. 그렇지만 이미 충분히 경력을 쌓은 사람에게 이 기대가 가당한가? 가능성은 잠재력. 기대하게 하는 요소. 이룬 것이 미미하여 아직 평가하기 이른 신인에게 기대를 섞어 우리는 이 말을 한다. 잠재력이 있다. 가능성이 보인다. 기다려볼 필요가 있다. 사람들의 기다림은 언젠가 이룰 큰 그릇에 대한 기대와 연결되어 있다. 그러나 언제까지 기다린단 말인가. 삼십 년을 일한 사람에게 아직 가능성이 있으니 기다려보자고 말하는 게 설득력이 있는가. 이 말은 혹시, 대기만성은 이루지 못한 채, 이루지 못했으면서도 여전히 하던 일을 계속하는, 어찌 보면 미욱한 사람을 위로하기 위한 수사가 아닐까.

사람들은 그렇게 오래 기다리지 않는다. 큰 그릇이든 작은 그릇이든 빨리 내놓아야 한다. 속도 경쟁과 함께 기대의 시간은 점점 짧아진다. 그런데 '만성'은 늦게 이루어진다는 뜻. 시대와 맞는 말은 아닌 것 같다.

사람들은 대단한 성과를 내지 못하면서도 같은 일을 계속하는 이에게, 의아하다는 듯, 혹은 용하다는 듯 어떻게 그럴 수 있는지 묻는다. 큰 그릇에 대한 미련이 아직 남아 있는가? 라는 질문이 아마 숨어 있을 것이다. 벌써 만들었어야 하지 않아? 라는 질책처럼 들릴 수도 있고, 할 만큼 했다는 위로로 들릴 수도 있다. 그리고 그들 대부분은 '큰 그릇'을 목표로 하고 있다면 마지못해 이해해주겠다는 식의 포즈를 취한다. 그게 아니면 이해하지 않을 것이다. 이제 이 사람은 큰 그릇을 이루지 않으면 안 된다. 그래야 용납된다. 그렇지만 정말 그럴까? 별다른 성과가 없는데도 꾸준히, 계속, 하던 일을 열심히 하는 사람에게는 큰 그릇을 이루겠다는 큰 목표가 있는 것일까? 그것이 계속 일하게 하는 동력일까?

큰 욕망은 사람을 치열하게 하지만 꾸준하게 하지는 못한다. 거세게 타오르는 불길은 화난 사람과 같아서 뜨겁지만 오래 유지하지는 못한다. 열심히 하게는 하지만 한결같이 하게는 하지 못한다. 큰 욕망은 사람을 화급하게 하고 성마르게 한다. 욕망이 큰 사람은 노력한 만큼의 결실, 노력하면서 기대한 만큼의 결실이 나타나지 않으면 견디지 못한다. 성과가 뚜렷하게 나타나지 않는데도 진득하게 하던 일을 계속할 수 있는 사람은 욕망이 큰 사람이 아니다. 목적의 사람이 아니라 다만 일을 하는 사람이다. 이런 사람은 자기가 하는 일을 통해 무엇을 이루려는 목적이 있어서가 아니라, 그 일이 자기가 할 일이라고 생각하기 때문에, 이룰 무엇에 연연하지 않고 일한다. 하는 일을 주어진 일로 받아들인다. 이런 사람이 대단한 업적을 내기는 아마 힘들 것이다. 그렇다고 해도, 애초에 무엇에 대한 욕망이 없으므로 문제삼지 않을 것이다. 무엇을 이루려는 욕망이 있는 사람은 무엇이 이루어지지 않으면 실망하고 그만두겠지만, 그러나 무엇을 이루려는 욕망이 없는 사람은 무엇이 이루어지지 않아도 실망하거나 그만둘 이유가 없다. 언젠가 무엇인가 이룰지 모르지만, 설령 그렇다고 해도, 그것은 그가 그것을 목적한 결과가 아니고, 그저 꾸준히, 진득하게, 반복해서 자기 일을 한 결과일 뿐이다. 혹시 큰 그릇이 될지 모르지만, 그렇다고 해도, 그것은 그저 우연히 그렇게 된 것일 뿐이다.

2006년에 노벨문학상을 받은 튀르키예의 작가 오르한 파묵은 '사무원처럼' 일한다고 말한 바 있다. 소설가를 시인과 비교하는 과정에서 한 말이다. 그에 의하면 시인은 '신이 말을 걸어주는 자'이다. 그는 시인이 되고 싶었으나 신이 자기에게는 말을 걸어주지 않는다는 걸 깨달았고, 그래서 시인이 되지 못했다고 말한다. 그래서 그는 신이 자기를 통해서 말을 한다면 어떤 말을 할지 상상해보려고 노력했다. 아주 꼼꼼히 알아내려고 노력했다. 그 과정이 바로 산문(소설) 쓰기라고 그는 말한다. 그의 정의에 의하면, 시인은 신이 말을 걸어주는 자이고, 소설가는 신이 자기를 통해 할말이 무엇인지 찾으려고 애쓰는 자이다. 시인은 영감의 사람이고, 소설가는 일하는 사람이라는 뜻으로 풀어도 될 것이다. 일하듯 쓰는 사람이 소설가라는 그의 말에 동의한다. 아니, '쓰는 일'을 하는 사람이 소설가이다. 사르트르는 시인을 언어에 봉사하는 사람으로, 소설가를 언어를 이용하는 사람으로 구분했다. 그가 『문학이란 무엇인가』를 물을 때 문제삼은 '문학'은 소설(산문)이지 시가 아니었다. 시는 문학이 아니라 예술이기 때문이다. 소설가는 언어를 도구로 사용하여 일하는 자이다.

사무원에게 주어진 '일'의 특징은 의무와 규칙과 반복이다. 하고 싶어서가 아니라 맡겨졌기 때문에, 맡겨진 일은 해야 하기 때문에 한다. 그는 맡지 않을 수 있었다. 맡지 않았다면 주어지지 않았을 것이다. 그러나 그는 맡았고, 맡기로 선택했고, 그렇게 해서 자기 일로 받아들였다. 선택은 자유롭게 할 수 있지만, 선택 후에는 자유가 사라진다. 권리 행사 후에는 의무를 받아들여야 하는 것이 세상의 이치다. 사무원은 어제와 크게 다르지 않은 일을 오늘 하고, 오늘과 크게 다르지 않은 일을 내일도 한다. 규칙적으로, 어쩌면 기계적으로 한다. 사무원의 일터에 사람을 흥분시키는 극적 요소는 거의 없다. 따분하고 싫증이 나고 타성에 젖기 쉽다. 일하는 사람은 그것을 견디는 사람이다. 하고 싶어서 하는 사람은 하기 싫을 때 하지 않을 수 있다. 그러나 맡겨졌기 때문에 하는 사람에게는 그럴 자유가 없다.

일하는 사람에게 요구되는 것은 꾸준함이다. 사랑으로는 꾸준히 일할 수 없다. 꾸준히 하려면 의무로 해야 한다. 사랑이 의무가 되어야 한다. 잘하기 때문에 계속하는 것이 아니라 자기 일이기 때문에 계속하는 것이다.

2

그리고 만회하려는 의지가 있다. 자기가 한 일이 충분하지 못할 때 사람은 그 일을 다시, 더 한다. 하려고 한다. 다시, 더 하려는 사람은 자기가 한 일에 만족하지 못한 사람이다. 만족할 만한 성과를 낸 사람은 그만둘 수 있다. 그런 사람은 벌충하고 만회할 이유가 없으므로 다시, 더 하려고 하지 않아도 된다. 항상 그런 것은 아니지만 대체로 그렇다. 늦게까지 그만두지 못한 사람은 아직 만족할 만한 성과를 내지 못한 사람이다. 그런 사람은 다시, 더 해서 벌충하고 만회해야 하므로 다시, 더 하지 않을 수 없다. 벌충하려는 마음이 다시, 더 하게 한다. 항상 그런 것은 아니지만 대체로 그렇다. 부족은 메꾸기가 쉽지 않고, 그러므로 메꾸려는 시도가 거듭된다. 그렇게 하여 그는 꾸준한 사람이 된다. 꾸준함의 비밀은 한 일에 대한 불만족이다. 꾸준함은 성향이 아니라 만회하려는 의지에서 비롯한 행위의 반복이다. 성향이라면, 행위의 반복에 의해 사후적으로 형성된 것이다.

만회하려는 마음이 꾸준히 하는 사람의 동기이다. 물론 다시 한다고 더 좋아지리라는 보장은 없다. 더 좋아졌다고 해서 만족하리라는 보장 역시 없다. 보장이 다시, 더, 계속하기의 동력이 아니라 한 일에 대한 불만족이 동력이다.

새로 쓴 글로 전에 쓴 글을 만회하지 못한 사람이 할 수 있는 일은 다시 새로 쓰는 것이다. 다시 써서 만회하는 것이다. 그러니까 오래 꾸준히 쓰는 사람은 아직, 여전히 만회하지 못한 사람이다.

우리는 문장으로 느낌과 생각을 표현하지만, 그것들은 사실 어떤 문장으로도 잘 표현되지 않는다. 세상은 요란하고 빠르고 오묘해서 납작하고 느리고 순진한 문자로 붙잡기가 쉽지 않다. 글을 쓰는 사람은 가장 정확한 한 단어, 딱 들어맞는 하나의 표현을 찾으려고 한다. 그런 표현이 있으리라는 믿음을 플로베르가 심어주었다. 그는 어떤 사물과 개념을 가리키는 단 하나의 단어가 있다고 했다. 하나밖에 없는 그 단어를 찾는 것이 글쓰는 이의 일인데, 그 일은 여간 어렵지 않다. 어쩌면 불가능하다. 반복과 되풀이, 심지어 동어반복처럼 느껴지는 문장을 붙여 쓰고 이어 쓰는 사람은 그 하나의 단어, 하나밖에 없는 맞춤한 표현을 찾아내지 못한 사람이다.

자기가 쓴 문장이 그 문장을 통해 드러내려고 하는 생각이나 느낌을 온전히 드러내지 못했다고 판단될 때 그 사람이 할 수 있는 선택은 두 가지다. 하나는 지우는 것이고, 다른 하나는 덧붙여 쓰는 것이다. 이 두 가지가 언제나 같이 동원된다. 글을 쓰는 사람은 쓴 글을 지우고 다시 쓰고 그래도 만족스럽지 않으면 거기에 다른 문장을 추가한다. 덧붙이고 이어 쓴다. 이런 사람의 문장은 두 걸음 앞으로 갔다가 한 걸음 뒤로 물러나거나 궤도를 약간 바꿔 같은 자리를 맴도는 것 같은 꼴이 된다. 자기가 쓴 문장에 만족하는 사람은 덧붙이고 이어 쓸 필요를 느끼지 않기 때문에 앞으로 갔다가 뒤로 물러나거나 같은 자리를 맴돌 이유가 없다. 그런 사람의 문장은, 그래서 산만하지 않고 단정하다. 단호하다. 단호한 문장은 명료하고 지시적이고, 착각일지라도, 플로베르의 일물일어―物─語, 그 유일한 단어를 찾아낸 것처럼 보인다.

문장을 덧붙이고 덧대는 사람은 그 유일한 단어를 찾아내지 못한 사람이다. 이 사람은 자기가 쓴 불완전한 문장에 의해 생길 수도 있는 오해와 왜곡을 우려한다. 이 사람은 염려가 많고 소심해서 상처를 받고 싶지도 않고 주고 싶지도 않다. 그래서 바꾼다. 바꾸고 추가한다. 그래도 흡족하지 않아 다시 덧댄다. 하나밖에 없는 그 표현을 찾지 못해서 바꾸기와 덧붙이기와 덧대기가 이어진다. 만회하려는 의지가 작용할 때 나타나는 현상이다. 만회는 쉽지 않고, 그래서 이 작업은 반복된다. 그렇게 해서 이 사람의 문장은 산만하고 단정하지 않고 불명료하고, 모호하거나 포괄적이다. 단호하지 않고 지시적이지 않다. 앞으로 나가지 않고 주춤거리며 한자리를 맴도는 것처럼 보인다. 불필요한 옷을 잔뜩 껴입은 것처럼 거추장스럽게 보인다. 나사와 같이 한자리를 맴돌며 깊어지지만 그 깊어지는

정도가 대단치 않아서 성근 눈을 가진 사람에게는 그 운동이
잘 보이지 않는다.

　알베르 카뮈는 모든 예술가를 위협하는 상반되는 두 가지
위험이 원한과 자기만족이라고 말한다.(『안과 겉』, 재판 서문)
원한은 삶의 조건에 대한 불만에서 생겨난다. 불만의 원인을
외부에서 찾을 때 시기심이 생기고 원한을 품게 된다. 불행한
과거나 불만족스러운 환경이 원한을 만드는 것은 아니다. 가
난하다고 모두 도둑질하는 것은 아닌 것과 같은 이치다. 빈곤
이 반드시 시기심을 만드는 것은 아니라는 점을 카뮈는 자기
경험을 통해 증언한다. 극심한 가난에도 불구하고, "나의 어린
시절 위로 내리쬐던 그 아름답고 후끈한 햇볕 덕분에 나는 원
한이란 감정을 품지 않게 되었다. 나는 빈곤 속에 살고 있었으
나 또한 일종의 즐거움 속에서 살고 있었다." 그는 두려워하거
나 낙담한 적은 있지만 원망하지는 않았다고 말한다. 그가 겪
었던 빈곤은 그에게 '원한이 아니라 어떤 변함없는 충직함, 그
리고 말없는 끈기'를 가르쳐주었다.
　원한을 가진 사람은, 불만족의 원인이 자기가 아니라 외부
에 있다고 생각하므로 만회하려고 하지 않는다. 불만족의 원
인이 자기에게 있을 때만 만회하려는 마음이 생긴다. 만회는

외부와 타인을 향해 하는 것이 아니라 자기 자신을 향해 하는 것이다. 만회는 누가 해주는 것이 아니라 자기가 하는 것이다. 세상이 자기의 족함을 인정해주지 않는다고 생각하는 사람은 자기가, 자기를 향해 더 할 일이 있다고 생각하지 않는다. 그래서 하지 않는다. 외부가, 다른 사람이, 누군지 무엇인지 모르지만, 아무튼 바깥 세계가 자기를 위해 무언가를 해줘야 한다고 생각한다. 이 사람이 벌충하기 위해 다시, 더 시도할 리 없다. 다만 투덜거릴 것이다. 만회하려 하지 않는 사람은 꾸준할 수 없다.

어떤 포도원 주인이 아침 일찍 일꾼들을 고용했다. 일꾼들은 하루 품삯으로 한 데나리온을 받기로 합의하고 포도원에서 일을 시작했다. 그런데 아홉시쯤에 장터에서 빈둥거리는 사람들이 있는 것을 보고 포도원 주인은 그들에게도 적당한 품삯을 주겠다고 약속하고 데려다 일을 시켰다. 주인은 열두시와 오후 세시, 그리고 다섯시쯤에도 나가서 일꾼들을 데려왔다.

저녁이 되었다. 일을 마친 사람들에게 임금을 치르는데 먼저 오후 다섯시쯤에 와서 일한 이들에게 한 데나리온씩을 주었다. 그 모습을 본 다른 일꾼들, 특히 맨 처음에 와서 일한 사람들은, 더 많이 받을 거라고 생각했다. 그도 그럴 것이 그들

240

은 다섯시에 온 일꾼들보다 훨씬 더 오래 일했기 때문이다. 그러나 주인은 그들에게도 한 데나리온씩을 주었다. 그러자 일꾼들이 주인에게 항의했다. "마지막에 온 이 사람들은 한 시간밖에 일하지 않았소. 우리는 찌는 더위 속에서 온종일 수고했는데 저들과 우리를 똑같이 대우한단 말이오?" 이에 대한 주인의 대답은 이렇다. "이보시오, 나는 당신들을 부당하게 대한 것이 아니오. 당신들은 나와 한 데나리온으로 합의하지 않았소? 내 것을 가지고 내 뜻대로 할 수 없다는 말이오?"

마태복음에 나오는 이야기다. 공정에 대해 여러 생각을 하게 하는 일화이기도 하다. 다른 사람이 기울인 노력과 얻은 성과를 저울질해서 자기와 비교할 때 불만과 원한이 생긴다. 일꾼들은 한 데나리온을 받기로 협의했고 한 데나리온을 받았다. 그는 주인과 약속한 자기 몫을 받았다. 주인은 잘못한 것이 없다. 그러니 불만도 없어야 한다. 그러나 자기보다 일을 덜 한 사람이 자기와 같은 임금을 받는 걸 보는 순간 불만과 원망이 생겼다. 공정하지 않다는 생각이 들었을 것이다. 일한 시간에 비례해서 임금을 주어야 공정하다는 생각을 틀리다고 할 수 없다. 그렇지만 약속한 임금을 약속한 대로 지불한 포도원 주인을 공정하지 않다고 고발할 수 있을까.

불만은 자기가 얻은 결실이 자기가 기울인 노력에 비해 충분하지 않을 때 생기는 것이 아니라 다른 사람이 얻은 결실과 자기 것을 비교할 때 생긴다. 자기보다 덜 일한 사람이 자기와 같은 대접을 받거나 자기와 똑같이 일한 사람이 자기보다 더 나은 대접을 받은 사실을 알게 될 때 생긴다. 다른 사람이 어떤 결실을 얻었는지, 어떤 혜택을 받았는지 모를 때는 생기지 않던 불만이 다른 사람이 얻은 결실, 받은 혜택을 알게 되는 순간 생긴다. 비교하는 순간 생긴다. 이 사람에게 만회하려는 마음이 생길 리 없다.

3

원한과 자기만족은 손바닥의 안과 밖처럼 붙어 있다. 붙어 있되 정반대 쪽에 있다. 세상으로부터 제대로 평가받지 못했다고 생각할 때 생기는 것이 원한이라면, 세상으로부터 받는 과도한 평가가 당연하다고 생각할 때 생기는 것이 자기만족이다. 원한은 밖을 향하고 자기만족은 안을 향한다. 불만족의 원인을 밖에서 찾을 때 원한이 생기고, 족함의 원인을 자기에게서 찾을 때 자기만족에 빠진다. 원한이 다시, 더 시도하려는

마음을 갖지 못하게 하는 것처럼, 자기만족 역시 다시, 더 시
도하려는 마음을 빼앗는다.

카뮈는 스물두 살에 쓴 『안과 겉』의 재판을 이십 년이 지난
후에 다시 냈다. 그 책은 오랫동안 절판 상태로 있었다. 그는
젊을 때 쓴 그 책이 '서툴고 미숙하기 때문에' 다시 출판하지
않으려 했다고 서문에서 고백했다. 그가 쓴 것들 가운데 가장
훌륭한 글이 그 책에 실려 있다는 한 철학자의 주장을 카뮈는
반박한다. "그는 잘못 생각한 것이다. 천재가 아닌 한, 스물두
살에는 글을 어떻게 써야 하는지 겨우 알까 말까 하는 법이니
말이다." 카뮈의 말에는 진심이 담겨 있다. 그리고 아마 이 말
은 진실일 것이다. 스물두 살은 어떻게 써야 할지 모르는 나이
일 수 있다. 하지만 어떤 진실은 어떻게 써야 할지 모르는 상
태에서 터져나오기도 하는 법이다. 때로는 기교가, '어떻게'에
대한 앎이 진실을 가리기도 하는 법이다.

카뮈는 자기가 쓴 글을 읽으면서 자기만족에 빠진 적이 한
번도 없었다고 말한다. 자기가 쓴 책이 호평을 받을 때마다 뜻
밖이어서 놀란다는 말도 한다. 자기가 받는 호평을 당연한 것
으로 여기지 않는다는 뜻일 것이다. 치하와 찬양은 그를 불편
하게 한다. 그에게 명성은 받아들이기 어려운 것이다. 그는 누

가 자기를 칭찬하는 말을 하면, '멍청하고 탐탁지 않은 표정'
을 짓곤 하는데, 그것은 '그게 아닌데……' 하는 느낌이 들기
때문이라고 한다.

호의적인 외부의 평가를 우연이거나 일시적이거나, 어떤 운
명의 변덕 같은 것으로 여기면, 즉 당연한 보상이 아니라 과분
한 행운으로 여기면 자기만족에 빠질 수 없다. 그런 사람은 다
시, 더 할 수밖에 없다. 사십대 초반에 노벨상을 받은 이 대단
한 작가는 겨우 사십칠 년 동안 이 세상에 있었다. 그 짧은 기
간 그는 끊임없이 썼다. 아마 더 좋은 작품을 써서 만회하려는
마음, 혹은 자기에게 찾아온 우연한 행운을 계속 붙잡으려는
마음이 있었을 거라고 나는 추측한다. 자기만족에 빠지지 않
으려고 필사적이었을 거라고. 그러기 위해 계속, 다시, 더 썼
을 거라고.

자기만족은 앞으로 나아가는 것을 막는다. 가브리엘 가르시
아 마르케스는 명성이 개인적인 삶을 침해하고 '진짜 세계'로
부터 소외시키기 때문에 위험하다고 말했다. "글을 계속 쓰기
를 원하는 유명한 작가는 명성으로부터 끊임없이 자신을 지켜
야만 합니다."(『작가란 무엇인가 1』) 원한과 마찬가지로 명성
도 독이다. 원한이 독인 것은 불만족의 원인을 외부에서 찾고

다른 사람과 자기를 비교함으로써 자기 일에 집중하지 못하게 하기 때문이다. 명성이 독인 것은 자기가 한 일에 만족하게 하기 때문이다. 자기가 한 일에 대한 외부의 인정에 도취하게 하기 때문이다. 만족하지 않는 사람에게 있는 만회하려는 마음이 만족한 사람에게 있을 리 없다. 자기만족에 빠진 사람은 쓰기를 멈추거나 더 큰 만족, 명예, 즉 보상을 바라며 쓴다. 쓰던 대로 쓰거나 함부로 쓴다. 그래서 위험하다.

카뮈가 원한과 자기만족이라고 말한 위험을 시몬 베유는 칭송과 동정이라고 불렀다. "칭송과 동정(특히 이 두 가지가 섞인 것)은 실제의 에너지를 가져다준다. 하지만 그것들을 피해야 한다. 자연적이든 초자연적이든 보상이 없는 시간이 필요하다."(『중력과 은총』) 보상을 바라는 사람은 항상 실망한다. 보상은 어떤 일을 하도록 충동하고 일정한 성과를 이루게 하지만, 그러나 어떤 보상을 받아도 만족하지 못하고(그것이 보상의 특성이다), 그래서 무리하고, 다른 사람이 받은 보상과 비교하고, 그래서 불행해지고, 원한에 빠지거나 명성에 유혹된다. 칭송과 동정이 가져다주는 에너지로 일하지 말아야 한다. 칭송도 기대하지 말고, 동정도 바라지 말아야 한다.

도자기는 여러 과정을 거쳐 태어난다. 도예가는 흙을 고르고 모양을 만들고 물레를 돌리고 무늬를 새기고 안료나 유약을 바른다. 그리고 두 번의 소성 과정이 이어진다. 도예가의 면밀한 손길에 의해 모양을 갖춘 도자기는 가마에 들어가 불 속에서 완성된다. 대개 800도 정도의 초벌 소성 후 1250도의 고온에서 다시 구워진다. 하나의 도자기가 완성되기 위해서는 도예가의 꼼꼼하고 인내심 있는 수고 위에 이십 시간 이상의 불의 시간이 더해져야 한다. 도예가들은 이 시간이 가장 중요하다고 하나같이 말한다. 불의 세기나 방향에 따라 도자기의 색과 무늬가 결정되기 때문이다. 사람이 최선을 다해 일을 한 후에 불에게 맡긴다. 도자기는 불에 의해 완성된다. 수고는 사람이 하지만 완성은 사람의 몫이 아니다. 가마 안에서 무슨 일이 일어나는지 도예가들은 모른다. 고온에서 녹아 흘러내리는 유약이 어떤 빛과 모양을 만들어낼지 모른다. 그곳에 들어가 있지 않기 때문에 모른다. 모른 채 다만 기다린다. 그리고 예상한 색과 모양이 나오지 않아 실망하기도 하지만 의도하지 않은 뜻밖의 신비스러운 색과 무늬를 얻어 흥분하기도 한다.

도예가는 흙을 고르고 모양을 만들고 물레를 돌리고 무늬를 넣고 시유를 하는 동안 최선을 다한다. 그러나 기물들을 가마 안에 재어 넣고 나면 더이상 그가 할 일은 없다. 이제 가마 안에서 일을 하는 것은 도자기를 만든 도예가가 아니라 불이다. 불은 기물들을 어루만지고 쓰다듬고 회오리치고 스며들며 미완의 작품을 완성시킨다. 기물이 도자기가 된다.

그릇을 완성하는 것이 사람이 아니라 불이라고 해서 사람의 역할이 중요하지 않은 건 아니다. 아무 일도 할 필요가 없다거나 건성으로 대충대충 해도 되는 건 아니다. 사람의 최선이 전부가 아니라는 뜻이지 사람의 수고가 필요하지 않다는 뜻은 아니다.

보상은 대부분 뜻밖의 사건이다. 뜻 안에 있을 때 보상은, 아무리 큰 보상이라도 마땅하거나 미흡하다. 뜻 밖에 있을 때 보상은, 아무리 작은 보상이라도 과분하거나 놀랍다.

4

'큰 그릇은 늦게 완성된다'는 뜻으로 널리 알려진 대기만성 大器晚成은 노자의 『도덕경』 41장에 나온다. 노자가 옛글을 인용하며 도를 설명하는 대목에서 이 표현을 쓴다. 인용된 문장은 다음과 같다. "밝은 도는 어두운 것 같고, 나아가는 도는 물러서는 것 같다. 평평한 도는 울퉁불퉁한 것 같고, 가장 높은 덕은 낮은 것 같다. 몹시 흰 빛은 검은 것 같고, 넓은 덕은 한쪽이 이지러진 것 같다. 건실한 도는 빈약한 것 같고, 진실한 도는 어리석은 것 같다." 도의 역설적 성격을 여러 차원으로 강조하고 있다. 이어지는 문장의 한 부분에 '대기만성'이 등장한다.

"大方無隅, 大器晚成, 大音希聲, 大象無形, 道隱無名."

'대기만성'을 빼고 이 문장을 우리말로 옮기면, "큰 사각형은 모서리가 없고 큰 음은 소리가 없고 큰 형상은 모양이 없다. 도는 이름 붙일 수 없다"가 된다. 이 문장들은 시적 대구를 이루는 반복적 표현들로 같은 뜻을 강조하는 것처럼 보인다. 예컨대 '큰 무엇은 무엇이 없다'라는 한 패턴의 되풀이다.

크다는 뜻의 대大는 노자가 활동하던 시대의 언어 환경에서는 '지극히 큰 것은 밖이 없다至大無外'는 뜻으로 쓰였다.(이강수, 『노자와 장자』) 도는 '밖'이 없이 큰 것이다. 제한되지 않는 것이다. 형용할 수 없는 것이다. 그래서 어두운 밝음, 울퉁불퉁한 평평함, 낮은 높음 같은 형용모순이 도의 역설적 본질을 드러내기 위해 동원된다. 이름은 형태가 있는 것을 규정하는데, 도는 형태가 없으므로 이름 붙일 수 없다. "도라고 말할 수 있는 것은 도가 아니다道可道 非常道." 이것이 『노자』의 첫머리에

248

있는 문장이다. 그러니까 '큰 무엇은 무엇이 없다'라는 반복된 문장은, 규정할 수 없고 어디에도 갇히지 않는 도道의 성격에 대한 설명이라고 읽는 것이 자연스럽겠다.

큰 사각형은 모서리隅가 없고, 큰 음은 소리聲가 없고, 큰 형상은 모양形이 없다. 그렇다면 '큰 그릇은 이루어짐成이 없다'라고 읽어야 할 것이다. '대기만성'에만 이 규칙을 무너뜨려 '큰 그릇은 늦게 이루어진다'라고 해석하는 것은 부자연스럽다. 실제로 대기만성의 늦을 만晩이 면할 면免의 오기라는 설이 있다. 노장사상을 정립한 왕필이 옮겨 적는 과정에서 免을 晩으로 잘못 써 뜻이 달라졌고, '큰 그릇은 늦게 이루어진다'라는 뜻이 교훈적이어서 사자성어로 널리 통용되었을 거라는 주장에 일리가 있다.

대기만성은 '큰 그릇은 이루어짐이 없다'라고 해석해야 '도는 이름 붙일 수 없다'라는 결구와 부합한다. 모서리가 없는 사각형은 사각형이 아니고 소리가 없으면 음이 아니다. 모양이 없으면 형상이라고 할 수 없다. 그러나 아주 큰 사각형, 아주 큰 음, 아주 큰 형상은 그 조건들을 뛰어넘는다. '지극히 큰 것은 밖이 없다.' 그것이 도다. 조건에 갇히지 않는 것이 도다. 모서리가 없는 큰 사각형, 이루어짐의 상태가 없는 큰 그릇,

소리가 없는 큰 음, 모양이 없는 큰 형태와 같이 규정할 수 없는 것, 뛰어넘는 것이 도다, 라고 노자는 말하고 있는 것 같다.

그러니까 '대기만성형'으로 평가받은 사람은 결국 큰 그릇에 이르지 못할 것이다. '큰 그릇은 이루어짐이 없다.' 무언가가 이루어졌다면, 그 무언가는 큰 그릇이 아니라는 가장 확실한 증거이다.

그런데도 어떤 사람에게 '대기만성형'이라는 수식어를 붙인다면, 이 수식어에 어울리는 사람은 어떤 사람일까. 이루려는 것이 없거나, 이루려는 것에 얽매이지 않은 사람이라고 풀 수 있지 않을까. 큰 그릇을 이루는 것이 목적인 사람은, 큰 그릇은 어차피 이루어지지 않는다는 걸 알게 되면 실망할 것이고, 더 일할 의욕을 잃을 것이다. 목적에 이끌려 일하는 사람은 목적이 이루어질 수 없다는 걸 깨달으면 대개 일을 멈춘다. 그렇지만 큰 그릇을 이루는 것이 목적이 아닌 사람은, 그 사실을 안다고 해도 달라질 것이 없을 것이다. 하던 일을 그냥 묵묵히 할 것이다. 뭔가 이루어지면 뜻밖의 행운에 놀라거나 우연에 감사할 것이다. 보상은, 보상에 연연하지 않는 사람에게만 보상이 된다.

5

해질 무렵이면 산책을 나간다. 언제부턴가 습관이 되었다. 이 시간을 위해 하루를 보냈구나, 하는 생각이 들 정도다. 걷는 것이 하루일을 정리하는 것처럼 되었다. 걸으면 다리에 근육이 만들어지고, 근육이 만들어지면 걷는 데 유리하다. 다리를 움직여 걷는 것이 근육을 만드는 방법이 되는 셈이다. 걷기와 근육 생성은 서로에게 원인이고 결과다. 그러나 근육을 만들기 위해 걷는 것은 아니다. 결과적 현상을 목적과 혼동할 필요가 없다.

언제까지 걸을 거라고 미리 계획을 세울 필요가 있을까. 걸을 수 없는 순간이 올 것이다. 걸을 수 없는 순간이 올 때까지 걸으면 된다. 언제까지 쓸 거라고 미리 결심할 필요가 있을까. 글을 쓸 수 없는 순간이 올 것이다. 그때까지 쓰면 된다.

○ 고요한 읽기의 목록

세상의 끝

이승우, 『캉탕』, 현대문학, 2019.

헬무트 틸리케, 『신과 악마 사이』, 손성현 옮김, 복있는사람, 2022.

헤르만 헤세, 『데미안』, 이노은 옮김, 휴머니스트, 2023.

볼프강 보르헤르트, 「민들레」, 『사랑스러운 푸른 잿빛 밤』, 박규호 옮김, 문학과지성사, 2020.

소포클레스, 「오이디푸스왕」, 『소포클레스 비극 전집』, 천병희 옮김, 도서출판 숲, 2008.

블레즈 파스칼, 『팡세』, 이환 옮김, 민음사, 2003.

작가라는 환영

호르헤 루이스 보르헤스, 「원형의 폐허들」, 『픽션들』, 황병하 옮김, 민음사, 1994.

호르헤 루이스 보르헤스, 「책」, 『말하는 보르헤스』 송병선 옮김, 민음사, 2018.

프란츠 카프카, 「단식 광대」, 『변신·단식 광대』, 이재황 옮김, 문학동네, 2024.

향수와 추구, 혹은 무지와 미지

호메로스, 『오디세이아』, 유영 옮김, 범우사, 1997.

밀란 쿤데라, 『향수』, 박성창 옮김, 민음사, 2012.

영원에 속하지 않은 것

미셸 투르니에(글), 에두아르 부바(사진), 『뒷모습』, 김화영 옮김, 현대문학, 2020.

알랭 핑켈크로트, 『사랑의 지혜』, 권유현 옮김, 동문선, 1998.

장 폴 사르트르, 『존재와 무』, 정소성 옮김, 동서문화사, 2009.

에마뉘엘 레비나스, 『시간과 타자』, 강영안 옮김, 문예출판사, 1996.

에마뉘엘 레비나스, 『존재에서 존재자로』, 서동욱 옮김, 민음사,

2003.

말과 번역

밀란 쿤데라, 『소설의 기술』, 권오룡 옮김, 민음사, 2013.

파리 리뷰, 『작가란 무엇인가 3』, 김율희 옮김, 다른, 2022.

이청준, 「소문의 벽」, 『소문의 벽』, 문학과지성사, 2011.

킴 투이, 『앰』, 윤진 옮김, 문학과지성사, 2022.

이청준, 「다시 태어나는 말」, 『잃어버린 말을 찾아서』, 문학과지성사, 1981.

환한 어둠

사뮈엘 베케트, 『고도를 기다리며』, 홍복유 옮김. 문예출판사, 2010.

디노 부차티, 『타타르인의 사막』, 한리나 옮김, 문학동네, 2021.

프란츠 카프카, 「법 앞에서」, 『법 앞에서』, 전영애 옮김, 민음사, 2017.

롤랑 바르트, 『사랑의 단상』, 김희영 옮김, 문학과지성사, 1991.

황지우, 「너를 기다리는 동안」, 『게 눈 속의 연꽃』, 문학과지성사, 1991.

꿈과 해석

노먼 솔로먼 엮음, 『탈무드』, 임요한 옮김, 규장, 2021.

블레즈 파스칼, 『팡세』, 이환 옮김, 민음사, 2003.

가브리엘 가르시아 마르케스, 『백년 동안의 고독』, 안정효 옮김, 문학사상사, 1977.

가브리엘 가르시아 마르케스, 『꿈을 빌려드립니다』, 송병선 옮김, 하늘연못, 2014.

이스마일 카다레, 『꿈의 궁전』, 장석훈 옮김, 문학동네, 2004.

말할 수 없고 말해서도 안 되는

디트리히 본회퍼, 『그리스도론』, 정현숙 옮김, 복있는사람, 2019.

칼 라너, 『칼 라너의 기도』, 손성현 옮김, 복있는사람, 2019.

디트리히 본회퍼, 『창조와 타락』, 김순현 옮김, 복있는사람, 2019.

이승우, 『사랑이 한 일』, 문학동네, 2020.

프란츠 카프카, 「황제가 보낸 사신」; 「파발꾼」, 『오드라덱이 들려주는 이야기』, 김영옥 옮김, 문학과지성사, 1998.

이승우, 『소설가의 귓속말』, 은행나무, 2020.

전체의 일부로 흡수될 때

루돌프 오토, 『성스러움의 의미』, 길희성 옮김, 분도출판사, 1987.

리처드 프랜시스 버턴 번역본, 『아라비안나이트』, 김병철 옮김, 범우사, 1992.

아우렐리우스 아우구스티누스, 『고백록』, 박문재 옮김, CH북스, 2016.

이야기를 어디서 어떻게 끝낼까

에드거 앨런 포, 「천일야화의 천두번째 이야기」, 『우울과 몽상』, 홍성영 옮김, 하늘연못, 2002.

발터 벤야민, 『일방통행로』, 조형준 옮김, 새물결, 2007.

폴 틸리히, 『흔들리는 터전』, 김광남 옮김, 뉴라이프, 2008.

디트리히 본회퍼, 『나를 따르라』, 김순현 옮김, 복있는사람, 2016.

비범함에 대한 유혹

헤르만 헤세, 『데미안』, 이노은 옮김, 휴머니스트, 2023.

장미셸 우구를리앙, 『욕망의 탄생』, 김진식 옮김, 문학과지성사, 2018.

김홍중, 『은둔기계』, 문학동네, 2020.

최승자, 「올 여름의 인생 공부」, 『이 시대의 사랑』, 문학과지성사, 1981.

앙드레 지드, 『지상의 양식』, 김화영 옮김, 민음사, 2007.

대기만성

알베르 카뮈, 『디 에센셜 알베르 카뮈』, 김화영 옮김, 민음사, 2022.

파리 리뷰, 『작가란 무엇인가 1』, 김진아 · 권승혁 옮김, 다른, 2014.

시몬 베유, 『중력과 은총』, 윤진 옮김, 문학과지성사, 2021.

이강수, 『노자와 장자』, 길, 2005.

고요한 읽기
ⓒ 이승우 2024

1판 1쇄 2024년 8월 28일
1판 6쇄 2025년 1월 10일

지은이 이승우
기획·책임편집 강윤정
편집 이민희 이재현
디자인 김이정 최미영 | 저작권 박지영 형소진 오서영
마케팅 정민호 서지화 한민아 이민경 왕지경 정유진 정경주 김수인 김혜원 김예진
브랜딩 함유지 함근아 박민재 김희숙 이송이 김하연 박다솔 조다현 배진성
제작 강신은 김동욱 이순호 | 제작처 천광인쇄사

펴낸곳 (주)문학동네 | 펴낸이 김소영
출판등록 1993년 10월 22일 제2003-000045호
주소 10881 경기도 파주시 회동길 210
전자우편 editor@munhak.com | 대표전화 031) 955-8888 | 팩스 031) 955-8855
문의전화 031) 955-2696(마케팅) 031) 955-2678(편집)
문학동네카페 http://cafe.naver.com/mhdn
인스타그램 @munhakdongne | 트위터 @munhakdongne
북클럽문학동네 http://bookclubmunhak.com

ISBN 979-11-416-0116-4 03810

www.munhak.com